鲁迅 著

阎晶明 主编

活鲁迅

鲁迅小全集

江苏凤凰文艺出版社

图书在版编目（CIP）数据

生活鲁迅 / 鲁迅著；阎晶明主编. -- 南京：江苏凤凰文艺出版社, 2025.7. -- （鲁迅小全集）. -- ISBN 978-7-5594-9820-5

Ⅰ. I210.4

中国国家版本馆CIP数据核字第2025XN1486号

生活鲁迅

鲁迅 著　阎晶明　主编

出版人	张在健
出版统筹	李　黎
责任编辑	李珊珊
特约编辑	王晓彤
责任印制	杨　丹
出版发行	江苏凤凰文艺出版社
	南京市中央路165号，邮编：210009
网　址	http://www.jswenyi.com
印　刷	南京新世纪联盟印务有限公司
开　本	787毫米×1092毫米　1/32
印　张	6.5
字　数	100千字
版　次	2025年7月第1版
印　次	2025年7月第1次印刷
书　号	ISBN 978-7-5594-9820-5
定　价	178.00元（全6册）

江苏凤凰文艺版图书凡印刷、装订错误，可向出版社调换，联系电话 025-83280257

鲁迅在世时,关于他为什么要写杂文,这类创作是一种文学才华的浪费,还是现实战斗的需要,进而,关于杂文算不算文学,有没有艺术性,所有这些话题人们都曾经讨论过,准确地说是争论过,而且一时还很热烈,鲁迅自己也参与到这种论争当中。当然,他是这一文体的辩护者,包括对杂文艺术性的辩护。

事实上,鲁迅杂文在战斗锋芒得以彰显,充分展现匕首、投枪作用的同时,其艺术性也常常让人赞叹不已。有许多名篇,如《夏三虫》《夜颂》这样的精短文章,即使放到《野草》里也是完全可以成为恰切的文本,读来十分过瘾。

很多研究者已经注意到并总结出鲁迅杂文的艺术特征。尽管这些评说使用的概念并不完全相同,但有一点是共同的,研究者都注意到鲁迅杂文的抒情成分及抒情性特征。战斗的杂文同时又是抒情的,甚至是充满诗意的,这大概是只有鲁迅才能做得到,做得好。激烈的对抗中体现出艺术,就像当代人欣赏最好的足球比赛时的感受一样,既看到大无畏的对抗,又欣赏到美妙的舞蹈,而且二者是合一的。战斗激发了艺术的美感,艺术展现出战斗者的力之美。

本册所选篇目,目的在于集中体现鲁迅杂文的艺术性。这种艺术性,既包括描写的精微,叙述的生动、栩栩如生,具体人事的典型化特征,也包括语言的丰富,叙述中展现的诗意。希望这些杂文能集中地给读者留下这样的印象。

需要说明的是,鲁迅杂文的艺术性体现在他的所有杂文中,刻意的分类有时是不得以而为之。鲁迅杂文在战斗性、思想性、艺术性上,通常都具有融合一体的特征。编者的以类分册,无非是把直接的印象视为分类的前提。而且本册设名为"生活鲁迅",实在也是一种无法完全精确的概括,只能泛化表达而已。如果一定要指出命名的理由,那就是鲁迅对生活的发现能力,对世相的概括力,以及评说上的表现力令人惊叹,实在是活在人间的冷峻的观察者。

目 录

随感录 三十七　　001
随感录 四十九　　003
自言自语　　005
无题　　013
说胡须　　016
战士和苍蝇　　023
夏三虫　　025
杂感　　027
这个与那个　　031
一点比喻　　041
送灶日漫笔　　045
马上日记　　050
马上支日记　　064
马上日记之二　　086
记"发薪"　　093
忧"天乳"　　101
新时代的放债法　　104
小杂感　　107
看司徒乔君的画　　111
书籍和财色　　113

唐朝的钉梢	116
电的利弊	118
文摊秘诀十条	120
夜颂	122
二丑艺术	124
谈蝙蝠	126
"吃白相饭"	128
经验	130
谚语	133
秋夜纪游	136
"揩油"	138
上海的少女	140
上海的儿童	143
喝茶	146
看变戏法	149
火	151
家庭为中国之基本	154
过年	156
洋服的没落	158
玩具	161

零食	164
病后杂谈	166
弄堂生意古今谈	182
论毛笔之类	185
"这也是生活"……	188
死	194

随感录　三十七

近来很有许多人,在那里竭力提倡打拳。记得先前也曾有过一回,但那时提倡的,是满清王公大臣,现在却是民国的教育家,位分略有不同。至于他们的宗旨,是一是二,局外人便不得而知。

现在那班教育家,把"九天玄女传与轩辕黄帝,轩辕黄帝传与尼姑"的老方法,改称"新武术",又是"中国式体操",叫青年去练习。听说其中好处甚多,重要的举出两种来,是:

一,用在体育上。据说中国人学了外国体操,不见效验;所以须改习本国式体操(即打拳)才行。依我想来:两手拿着外国铜锤或木棍,把手脚左伸右伸的,大约于筋肉发达上,也该有点"效验"。无如竟不见效验!那自然只好改途去练"武松脱铐"那些把戏了。

这或者因为中国人生理上与外国人不同的缘故。

二，用在军事上。中国人会打拳，外国人不会打拳：有一天见面对打，中国人得胜，是不消说的了。即使不把外国人"板油扯下"，只消一阵"乌龙扫地"，也便一齐扫倒，从此不能爬起。无如现在打仗，总用枪炮。枪炮这件东西，中国虽然"古时也已有过"，可是此刻没有了。籐牌操法，又不练习，怎能御得枪炮？我想（他们不曾说明，这是我的"管窥蠡测"）：打拳打下去，总可达到"枪炮打不进"的程度（即内功？）。这件事从前已经试过一次，在一千九百年。可惜那一回真是名誉的完全失败了。且看这一回如何。

随感录　四十九

凡有高等动物，倘没有遇着意外的变故，总是从幼到壮，从壮到老，从老到死。

我们从幼到壮，既然毫不为奇的过去了；自此以后，自然也该毫不为奇的过去。

可惜有一种人，从幼到壮，居然也毫不为奇的过去了；从壮到老，便有点古怪；从老到死，却更奇想天开，要占尽了少年的道路，吸尽了少年的空气。

少年在这时候，只能先行萎黄，且待将来老了，神经血管一切变质以后，再来活动。所以社会上的状态，先是"少年老成"；直待弯腰曲背时期，才更加"逸兴遄飞"，似乎从此以后，才上了做人的路。

可是究竟也不能自忘其老；所以想求神仙。大约别的都可以老，只有自己不肯老的人物，总该推中国老先生算一甲一名。

万一当真成了神仙,那便永远请他主持,不必再有后进,原也是极好的事。可惜他又究竟不成,终于个个死去,只留下造成的老天地,教少年驼着吃苦。

这真是生物界的怪现象!

我想种族的延长,——便是生命的连续,——的确是生物界事业里的一大部分。何以要延长呢?不消说是想进化了。但进化的途中总须新陈代谢。所以新的应该欢天喜地的向前走去,这便是壮,旧的也应该欢天喜地的向前走去,这便是死;各各如此走去,便是进化的路。

老的让开道,催促着,奖励着,让他们走去。路上有深渊,便用那个死填平了,让他们走去。

少的感谢他们填了深渊,给自己走去;老的也感谢他们从我填平的深渊上走去。——远了远了。

明白这事,便从幼到壮到老到死,都欢欢喜喜的过去;而且一步一步,多是超过祖先的新人。

这是生物界正当开阔的路!人类的祖先,都已这样做了。

自言自语

一 序

水村的夏夜,摇着大芭蕉扇,在大树下乘凉,是一件极舒服的事。

男女都谈些闲天,说些故事。孩子是唱歌的唱歌,猜谜的猜谜。

只有陶老头子,天天独自坐着。因为他一世没有进过城,见识有限,无天可谈。而且眼花耳聋,问七答八,说三话四,很有点讨厌,所以没人理他。

他却时常闭着眼,自己说些什么。仔细听去,虽然昏话多,偶然之间,却也有几句略有意思的段落的。

夜深了,乘凉的都散了。我回家点上灯,还不想睡,便将听得的话写了下来,再看一回,却又毫无意思了。

其实陶老头子这等人,那里真会有好话呢,不过既然写出,姑且留下罢了。

留下又怎样呢? 这是连我也答复不来。

中华民国八年八月八日灯下记。

二 火的冰

流动的火,是熔化的珊瑚么?

中间有些绿白,像珊瑚的心,浑身通红,像珊瑚的肉,外层带些黑,是珊瑚焦了。

好是好呵,可惜拿了要烫手。

遇着说不出的冷,火便结了冰了。

中间有些绿白,像珊瑚的心,浑身通红,像珊瑚的肉,外层带些黑,也还是珊瑚焦了。

好是好呵,可惜拿了便要火烫一般的冰手。

火,火的冰,人们没奈何他,他自己也苦么?

唉,火的冰。

唉,唉,火的冰的人!

三　古城

你以为那边是一片平地么？不是的。其实是一座沙山，沙山里面是一座古城。这古城里，一直从前住着三个人。

古城不很大，却很高。只有一个门，门是一个闸。

青铅色的浓雾，卷着黄沙，波涛一般的走。

少年说，"沙来了。活不成了。孩子快逃罢。"

老头子说，"胡说，没有的事。"

这样的过了三年和十二个月另八天。

少年说，"沙积高了，活不成了。孩子快逃罢。"

老头子说，"胡说，没有的事。"

少年想开闸，可是重了。因为上面积了许多沙了。

少年拼了死命，终于举起闸，用手脚都支着，但总不到二尺高。

少年挤那孩子出去说，"快走罢！"

老头子拖那孩子回来说，"没有的事！"

少年说，"快走罢！这不是理论，已经是事实了！"

青铅色的浓雾，卷着黄沙，波涛一般的走。

以后的事,我可不知道了。

你要知道,可以掘开沙山,看看古城。闸门下许有一个死尸。闸门里是两个还是一个?

四　螃蟹

老螃蟹觉得不安了,觉得全身太硬了。自己知道要蜕壳了。

他跑来跑去的寻。他想寻一个窟穴,躲了身子,将石子堵了穴口,隐隐的蜕壳。他知道外面蜕壳是危险的。身子还软,要被别的螃蟹吃去的。这并非空害怕,他实在亲眼见过。

他慌慌张张的走。

旁边的螃蟹问他说,"老兄,你何以这般慌?"

他说,"我要蜕壳了。"

"就在这里蜕不很好么？我还要帮你呢。""那可太怕人了。"

"你不怕窟穴里的别的东西,却怕我们同种么?"

"我不是怕同种。"

"那还怕什么呢?"

"就怕你要吃掉我。"

五　波儿

波儿气愤愤的跑了。

波儿这孩子,身子有矮屋一般高了,还是淘气,不知道从那里学了坏样子,也想种花了。

不知道从那里要来的蔷薇子,种在干地上,早上浇水,上午浇水,正午浇水。

正午浇水,土上面一点小绿,波儿很高兴,午后浇水,小绿不见了,许是被虫子吃了。

波儿去了喷壶,气愤愤的跑到河边,看见一个女孩子哭着。

波儿说,"你为什么在这里哭?"

女孩子说,"你尝河水什么味罢。"

波儿尝了水,说是"淡的"。

女孩子说,"我落下了一滴泪了,还是淡的,我怎么不哭呢。"

波儿说,"你是傻丫头!"

波儿气愤愤的跑到海边,看见一个男孩子哭着。

波儿说,"你为什么在这里哭?"

男孩子说,"你看海水是什么颜色?"

波儿看了海水,说是"绿的"。

男孩子说,"我滴下了一点血了,还是绿的,我怎么不哭呢。"

波儿说,"你是傻小子!"

波儿才是傻小子哩。世上那有半天抽芽的蔷薇花,花的种子还在土里呢。

便是终于不出,世上也不会没有蔷薇花。

六 我的父亲

我的父亲躺在床上,喘着气,脸上很瘦很黄,我有点怕敢看他了。

他眼睛慢慢闭了,气息渐渐平了。我的老乳母对我说,"你的爹要死了,你叫他罢。"

"爹爹。"

"不行,大声叫!"

"爹爹!"

我的父亲张一张眼,口边一动,仿佛有点伤心,——他仍然慢慢的闭了眼睛。

我的老乳母对我说,"你的爹死了。"

阿!我现在想,大安静大沈寂的死,应该听他慢慢到来。谁敢乱嚷,是大过失。

我何以不听我的父亲,徐徐入死,大声叫他。

阿!我的老乳母。你并无恶意,却教我犯了大过,扰乱我父亲的死亡,使他只听得叫"爹",却没有听到有人向荒山大叫。

那时我是孩子,不明白什么事理。现在,略略明白,已经迟了。我现在告知我的孩子,倘我闭了眼睛,万不要在我的耳朵边叫了。

七 我的兄弟

我是不喜欢放风筝的,我的一个小兄弟是喜欢放风筝的。

我的父亲死去之后,家里没有钱了。我的兄弟无论怎么热心,也得不到一个风筝了。

一天午后,我走到一间从来不用的屋子里,看见我的兄弟,正躲在里面糊风筝,有几支竹丝,是自己剥的,几张皮纸,是自己买的,有四个风轮,已经糊好了。

我是不喜欢放风筝的,也最讨厌他放风筝,我便生气,踏碎了风轮,拆了竹丝,将纸也撕了。

我的兄弟哭着出去了,悄然的在廊下坐着,以后怎样,我那时没有理会,都不知道了。

我后来悟到我的错处。我的兄弟却将我这错处全忘了,他总是很要好的叫我"哥哥"。

我很抱歉,将这事说给他听,他却连影子都记不起了。他仍是很要好的叫我"哥哥"。

阿!我的兄弟。你没有记得我的错处,我能请你原谅么?

然而还是请你原谅罢!

无题

有一个大襟上挂一支自来水笔的记者,来约我做文章,为敷衍他起见,我于是乎要做文章了。首先想题目……

这时是夜间,因为比较的凉爽,可以捏笔而没有汗。刚坐下,蚊子出来了,对我大发挥其他们的本能。他们的咬法和嘴的构造大约是不一的,所以我的痛法也不一。但结果则一,就是不能做文章了。并且连题目没有想。

我熄了灯,躲进帐子里,蚊子又在耳边呜呜的叫。

他们并没有叮,而我总是睡不着。点灯来照,躲得不见一个影,熄了灯躺下,却又来了。

如此者三四回,我于是愤怒了;说道:叮只管叮,但请不要叫。然而蚊子仍然呜呜的叫。

这时倘有人提出一个问题,问我"于蚊虫跳蚤孰爱?"我一定毫不迟疑,答曰"爱跳蚤!"这理由很简单,就因为跳蚤是咬而不嚷的。

默默的吸血,虽然可怕,但于我却较为不麻烦,因此毋宁爱跳蚤。在与这理由大略相同的根据上,我便也不很喜欢去"唤醒国民",这一篇大道理,曾经在槐树下和金心异说过,现在恕不再叙了。

我于是又起来点灯而看书,因为看书和写字不同,可以一手拿扇赶蚊子。

不一刻,飞来了一匹青蝇,只绕着灯罩打圈子。

"嗡!嗡嗡!"

我又麻烦起来了,再不能懂书里面怎么说。用扇去赶,却扇灭了灯;再点起来,他又只是绕,愈绕愈有精神。

"嚄,嚄,嚄!"

我敌不住了!我仍然躲进帐子里。

我想:虫的扑灯,有人说是慕光,有人说是趋炎,有人说是为性欲,都随便,我只愿他不要只是绕圈子就好了。

然而蚊子又呜呜的叫了起来。

然而我已经瞌睡了,懒得去赶他,我蒙胧的想:天造万物都得所,天使人会瞌睡,大约是专为要叫的蚊子而设的……

阿!皎洁的明月,暗绿的森林,星星闪着他们晶莹的眼睛,夜色中显出几轮较白的圆纹是月见草的花朵……自然之美多少丰富呵!

然而我只听得高雅的人们这样说。我窗外没有花草,星月皎洁的时候,我正在和蚊子战斗,后来又睡着了。

早上起来,但见三位得胜者拖着鲜红色的肚子站在帐子上;自己身上有些痒,且搔且数,一共有五个疙瘩,是我在生物界里战败的标征。

我于是也便带了五个疙瘩,出门混饭去了。

说胡须

今年夏天游了一回长安,一个多月之后,胡里胡涂的回来了。知道的朋友便问我:"你以为那边怎样?"我这才栗然地回想长安,记得看见很多的白杨,很大的石榴树,道中喝了不少的黄河水。然而这些又有什么可谈呢? 我于是说:"没有什么怎样。"他于是废然而去了,我仍旧废然而住,自愧无以对"不耻下问"的朋友们。

今天喝茶之后,便看书,书上沾了一点水,我知道上唇的胡须又长起来了。假如翻一翻《康熙字典》,上唇的,下唇的,颊旁的,下巴上的各种胡须,大约都有特别的名号谥法的罢,然而我没有这样闲情别致。总之是这胡子又长起来了,我又要照例的剪短他,先免得沾汤带水。于是寻出镜子,剪刀,动手就剪,其目的是在使他和上唇的上缘平齐,成一个隶书的一字。

我一面剪,一面却忽而记起长安,记起我的青年时代,发出连绵不断的感慨来。长安的事,已经不很记得清楚了,大约确乎是游历孔庙的时候,其中有一间房子,挂着许多印画,有李二曲像,有历代帝王像,其中有一张是宋太祖或是什么宗,我也记不清楚了,总之是穿一件长袍,而胡子向上翘起的。于是一位名士就毅然决然地说:"这都是日本人假造的,你看这胡子就是日本式的胡子。"

诚然,他们的胡子确乎如此翘上,他们也未必不假造宋太祖或什么宗的画像,但假造中国皇帝的肖像而必须对了镜子,以自己的胡子为法式,则其手段和思想之离奇,真可谓"出乎意表之外"了。清乾隆中,黄易掘出汉武梁祠石刻画像来,男子的胡须多翘上;我们现在所见北魏至唐的佛教造像中的信士像,凡有胡子的也多翘上,直到元明的画像,则胡子大抵受了地心的吸力作用,向下面拖下去了。日本人何其不惮烦,孳孳汲汲地造了这许多从汉到唐的假古董,来埋在中国的齐鲁燕晋秦陇巴蜀的深山邃谷废墟荒地里?

我以为拖下的胡子倒是蒙古式,是蒙古人带来的,然而我们的聪明的名士却当作国粹了。留学日本的学生因为恨日本,便神往于大元,说道"那时倘非天幸,这岛国早被我们灭掉了!"则认拖下的胡子为国粹亦无不可。然而又何以是黄帝的子孙?又何以说台湾人在福建打中国人是奴隶根性?

我当时就想争辩,但我即刻又不想争辩了。留学德国的爱国者 X 君,——因为我忘记了他的名字,姑且以 X 代之,——不是说我的毁谤中国,是因为娶了日本女人,所以替他们宣传本国的坏处么?我先前不过单举几样中国的缺点,尚且要带累"贱内"改了国籍,何况现在是有关日本的问题?好在即使宋太祖或什么宗的胡子蒙些不白之冤,也不至于就有洪水,就有地震,有什么大相干。我于是连连点头,说道:"嗡,嗡,对啦。"因为我实在比先前似乎油滑得多了,——好了。

我剪下自己的胡子的左尖端毕,想,陕西人费心劳力,备饭化钱,用汽车载,用船装,用骡车拉,用自动车装,请到长安去讲演,大约万料不到我是一个虽对于决无杀身之祸的小事情,也不肯直抒自己的意见,只会"嗡,嗡,对啦"的罢。他们简直是受了骗了。

我再向着镜中的自己的脸,看定右嘴角,剪下胡子的右尖端,撒在地上,想起我的青年时代来——

那已经是老话,约有十六七年了罢。

我就从日本回到故乡来,嘴上就留着宋太祖或什么宗似的向上翘起的胡子,坐在小船里,和船夫谈天。

"先生,你的中国话说得真好。"后来,他说。

"我是中国人,而且和你是同乡,怎么会……"

"哈哈哈,你这位先生还会说笑话。"

记得我那时的没奈何,确乎比看见 X 君的通信要超过十倍。我那时随身并没有带着家谱,确乎不能证明我是中国人。即使带着家谱,而上面只有一个名字,并无画像,也不能证明这名字就是我。即使有画像,日本人会假造从汉到唐的石刻,宋太祖或什么宗的画像,难道偏不会假造一部木版的家谱么?

凡对于以真话为笑话的,以笑话为真话的,以笑话为笑话的,只有一个方法:就是不说话。

于是我从此不说话。

然而,倘使在现在,我大约还要说:"唔,唔,……今天天气多么好呀?……那边的村子叫什么名字?……"因为我实在比先前似乎油滑得多了,——

好了。

现在我想,船夫的改变我的国籍,大概和 X 君的高见不同。其原因只在于胡子罢,因为我从此常常为胡子受苦。

国度会亡,国粹家是不会少的,而只要国粹家不少,这国度就不算亡。国粹家者,保存国粹者也;而国粹者,我的胡子是也。这虽然不知道是什么"逻辑"法,但当时的实情确是如此的。

"你怎么学日本人的样子,身体既矮小,胡子又这样,……"一位国粹家兼爱国者发过一篇崇论宏议之后,就达到这一个结论。

可惜我那时还是一个不识世故的少年,所以就愤愤地争辩。第一,我的身体是本来只有这样高,并非故意设法用什么洋鬼子的机器压缩,使他变成矮小,希图冒充。第二,我的胡子,诚然和许多日本人的相同,然而我虽然没有研究过他们的胡须样式变迁史,但曾经见过几幅古人的画像,都不向上,只是向外,向下,和我们的国粹差不多。维新以后,可是翘起来了,那大约是学了德国式。你看威廉皇帝的胡须,不是上指眼梢,和鼻梁正作平行么? 虽然他后来因为吸烟烧了一边,只好将两边都剪平了。但在日本明治维新的时候,他这一边还没有失火……。

这一场辩解大约要两分钟,可是总不能解国粹家之怒,因为德国也是洋鬼子,而况我的身体又矮小乎。而况国粹家很不少,意见又很统一,因此我的辩解也就很频繁,然而总无效,一回,两回,以至十回,十几回,连我自己也觉得无聊而且麻烦起来了。罢了,况且修饰胡须用的胶油在中国也难得,我便从此听其自然了。

听其自然之后,胡子的两端就显出毗心现象来,于是也就和地面成为九十度的直角。国粹家果然也不再说话,或者中国已经得救了罢。

然而接着就招了改革家的反感,这也是应该的。我于是又分疏,一回,两回,以至许多回,连我自己也觉得无聊而且麻烦起来了。

大约在四五年或七八年前罢,我独坐在会馆里,窃悲我的胡须的不幸的境遇,研究他所以得谤的原因,忽而恍然大悟,知道那祸根全在两边的尖端上。于是取出镜子,剪刀,即刻剪成一平,使他既不上翘,也难拖下,如一个隶书的一字。

"阿,你的胡子这样了?"当初也曾有人这样问。

"唔唔,我的胡子这样了。"

他可是没有话。我不知道是否因为寻不着两个尖端,所以失了立论的根据,还是我的胡子"这样"之后,就不负中国存亡的责任了。总之我从此太平无事的一直到现在,所麻烦者,必须时常剪剪而已。

一九二四年十月三十日。

战士和苍蝇

Schopenhauer[①]说过这样的话：要估定人的伟大，则精神上的大和体格上的大，那法则完全相反。后者距离愈远即愈小，前者却见得愈大。

正因为近则愈小，而且愈看见缺点和创伤，所以他就和我们一样，不是神道，不是妖怪，不是异兽。他仍然是人，不过如此。但也惟其如此，所以他是伟大的人。

战士战死了的时候，苍蝇们所首先发现的是他的缺点和伤痕，嘬着，营营地叫着，以为得意，以为比死了的战士更英雄。但是战士已经战死了，不再来挥去他们。于是乎苍蝇们即更其营营地叫，自以为倒是不

---

① Schopenhauer：叔本华(1788—1860)，德国哲学家。

朽的声音,因为它们的完全,远在战士之上。

的确的,谁也没有发见过苍蝇们的缺点和创伤。

然而,有缺点的战士终竟是战士,完美的苍蝇也终竟不过是苍蝇。

去罢,苍蝇们!虽然生着翅子,还能营营,总不会超过战士的。你们这些虫豸们!

三月二十一日。

夏三虫

夏天近了,将有三虫:蚤,蚊,蝇。

假如有谁提出一个问题,问我三者之中,最爱什么,而且非爱一个不可,又不准像"青年必读书"那样的缴白卷的。我便只得回答道:跳蚤。

跳蚤的来吮血,虽然可恶,而一声不响地就是一口,何等直截爽快。蚊子便不然了,一针叮进皮肤,自然还可以算得有点彻底的,但当未叮之前,要哼哼地发一篇大议论,却使人觉得讨厌。如果所哼的是在说明人血应该给它充饥的理由,那可更其讨厌了,幸而我不懂。

野雀野鹿,一落在人手中,总时时刻刻想要逃走。其实,在山林间,上有鹰鹯,下有虎狼,何尝比在人手里安全。为什么当初不逃到人类中来,现在却要逃到鹰鹯虎狼间去？或者，鹰鹯虎狼之于它们，正如跳蚤之于我们罢。肚子饿了，抓着就是一口，决不谈道理，弄玄虚。被吃者也无须在被吃之前，先承认自己之理应被吃，心悦诚服，誓死不二。人类，可是也颇擅长于哼哼的了，害中取小，它们的避之惟恐不速，正是绝顶聪明。

苍蝇嗡嗡地闹了大半天，停下来也不过舐一点油汗，倘有伤痕或疮疖，自然更占一些便宜；无论怎么好的，美的，干净的东西，又总喜欢一律拉上一点蝇矢。但因为只舐一点油汗，只添一点腌臜，在麻木的人们还没有切肤之痛，所以也就将它放过了。中国人还不很知道它能够传播病菌，捕蝇运动大概不见得兴盛。它们的运命是长久的；还要更繁殖。

但它在好的，美的，干净的东西上拉了蝇矢之后，似乎还不至于欣欣然反过来嘲笑这东西的不洁：总要算还有一点道德的。

古今君子，每以禽兽斥人，殊不知便是昆虫，值得师法的地方也多着哪。

四月四日。

杂感

　　人们有泪,比动物进化,但即此有泪,也就是不进化,正如已经只有盲肠,比鸟类进化,而究竟还有盲肠,终不能很算进化一样。凡这些,不但是无用的赘物,还要使其人达到无谓的灭亡。

　　现今的人们还以眼泪赠答,并且以这为最上的赠品,因为他此外一无所有。无泪的人则以血赠答,但又各各拒绝别人的血。

　　人大抵不愿意爱人下泪。但临死之际,可能也不愿意爱人为你下泪么?无泪的人无论何时,都不愿意爱人下泪,并且连血也不要:他拒绝一切为他的哭泣和灭亡。

　　人被杀于万众聚观之中,比被杀在"人不知鬼不觉"的地方快活,因为他可以妄想,博得观众中的或人的眼泪。但是,无泪的人无论被杀在什么所在,于他并无不同。

杀了无泪的人,一定连血也不见。爱人不觉他被杀之惨,仇人也终于得不到杀他之乐:这是他的报恩和复仇。

死于敌手的锋刃,不足悲苦;死于不知何来的暗器,却是悲苦。但最悲苦的是死于慈母或爱人误进的毒药,战友乱发的流弹,病菌的并无恶意的侵入,不是我自己制定的死刑。

仰慕往古的,回往古去罢!想出世的,快出世罢!想上天的,快上天罢!灵魂要离开肉体的,赶快离开罢!现在的地上,应该是执着现在,执着地上的人们居住的。

但厌恶现世的人们还住着。这都是现世的仇仇,他们一日存在,现世即一日不能得救。

先前,也曾有些愿意活在现世而不得的人们,沉默过了,呻吟过了,叹息过了,哭泣过了,哀求过了,但仍然愿意活在现世而不得,因为他们忘却了愤怒。

勇者愤怒，抽刃向更强者；怯者愤怒，却抽刃向更弱者。不可救药的民族中，一定有许多英雄，专向孩子们瞪眼。这些孱头们！

孩子们在瞪眼中长大了，又向别的孩子们瞪眼，并且想：他们一生都过在愤怒中。因为愤怒只是如此，所以他们要愤怒一生，——而且还要愤怒二世，三世，四世，以至末世。

无论爱什么，——饭，异性，国，民族，人类等等，——只有纠缠如毒蛇，执着如怨鬼，二六时中①，没有已时者有望。但太觉疲劳时，也无妨休息一会罢；但休息之后，就再来一回罢，而且两回，三回……。血书，章程，请愿，讲学，哭，电报，开会，挽联，演说，神经衰弱，则一切无用。

血书所能挣来的是什么？不过就是你的一张血书，况且并不好看。至于神经衰弱，其实倒是自己生了病，你不要再当作宝贝了，我的可敬爱而讨厌的朋友呀！

---

① 二六时中：即十二个时辰。

我们听到呻吟，叹息，哭泣，哀求，无须吃惊。见了酷烈的沉默，就应该留心了；见有什么像毒蛇似的在尸林中蜿蜒，怨鬼似的在黑暗中奔驰，就更应该留心了：这在豫告"真的愤怒"将要到来。那时候，仰慕往古的就要回往古去了，想出世的要出世去了，想上天的要上天了，灵魂要离开肉体的就要离开了！……

五月五日。

这个与那个

一 读经与读史

一个阔人说要读经,嗡的一阵一群狭人也说要读经。岂但"读"而已矣哉,据说还可以"救国"哩。"学而时习之,不亦说乎?"那也许是确凿的罢,然而甲午战败了,——为什么独独要说"甲午"呢,是因为其时还在开学校,废读经以前。

我以为伏案还未功深的朋友,现在正不必埋头来哼线装书。倘其咿唔日久,对于旧书有些上瘾了,那么,倒不如去读史,尤其是宋朝明朝史,而且尤须是野史;或者看杂说。

现在中西的学者们,几乎一听到"钦定四库全书"

这名目就魂不附体,膝弯总要软下来似的。其实呢,书的原式是改变了,错字是加添了,甚至于连文章都删改了,最便当的是《琳琅秘室丛书》中的两种《茅亭客话》,一是宋本,一是四库本,一比较就知道。"官修"而加以"钦定"的正史也一样,不但本纪咧,列传咧,要摆"史架子";里面也不敢说什么。据说,字里行间是也含着什么褒贬的,但谁有这么多的心眼儿来猜闷壶卢。至今还道"将平生事迹宣付国史馆立传",还是算了罢。

野史和杂说自然也免不了有讹传,挟恩怨,但看往事却可以较分明,因为它究竟不像正史那样地装腔作势。看宋事,《三朝北盟汇编》已经变成古董,太贵了,新排印的《宋人说部丛书》却还便宜。明事呢,《野获编》原也好,但也化为古董了,每部数十元;易于入手的是《明季南北略》,《明季稗史汇编》,以及新近集印的《痛史》。

史书本来是过去的陈帐簿,和急进的猛士不相干。但先前说过,倘若还不能忘情于咿唔,倒也可以翻翻,知道我们现在的情形,和那时的何其神似,而现在的昏妄举动,胡涂思想,那时也早已有过,并且都闹糟了。

试到中央公园去，大概总可以遇见祖母带着她孙女儿在玩的。这位祖母的模样，就预示着那娃儿的将来。所以倘有谁要预知令夫人后日的丰姿，也只要看丈母。不同是当然要有些不同的，但总归相去不远。我们查帐的用处就在此。

但我并不说古来如此，现在遂无可为，劝人们对于"过去"生敬畏心，以为它已经铸定了我们的运命。Le Bon[1]先生说，死人之力比生人大，诚然也有一理的，然而人类究竟进化着。又据章士钊总长说，则美国的什么地方已在禁讲进化论了，这实在是吓死我也，然而禁只管禁，进却总要进的。

总之：读史，就愈可以觉悟中国改革之不可缓了。虽是国民性，要改革也得改革，否则，杂史杂说上所写的就是前车。一改革，就无须怕孙女儿总要像点祖母那些事，譬如祖母的脚是三角形，步履维艰的，小姑娘的却是天足，能飞跑；丈母老太太出过天花，脸上有些缺点的，令夫人却种的是牛痘，所以细皮白肉：这也就大差其远了。

十二月八日。

---

[1] Le Bon：勒朋（1841—1931），法国社会心理学家。

二　捧与挖

中国的人们,遇见带有会使自己不安的朕兆的人物,向来就用两样法:将他压下去,或者将他捧起来。

压下去就用旧习惯和旧道德,或者凭官力,所以孤独的精神的战士,虽然为民众战斗,却往往反为这"所为"而灭亡。到这样,他们这才安心了。压不下时,则于是乎捧,以为抬之使高,餍之使足,便可以于己稍稍无害,得以安心。

伶俐的人们,自然也有谋利而捧的,如捧阔老,捧戏子,捧总长之类;但在一般粗人,——就是未尝"读经"的,则凡有捧的行为的"动机",大概是不过想免害。即以所奉祀的神道而论,也大抵是凶恶的,火神瘟神不待言,连财神也是蛇呀刺蝟呀似的骇人的畜类;观音菩萨倒还可爱,然而那是从印度输入的,并非我们的"国粹"。要而言之:凡是被捧者,十之九不是好东西。

既然十之九不是好东西,则被捧而后,那结果便自然和捧者的希望适得其反了。不但能使不安,还能使他们很不安,因为人心本来不易餍足。然而人们终于至今没有悟,还以捧为苟安之一道。

记得有一部讲笑话的书,名目忘记了,也许是《笑林广记》罢,说,当一个知县的寿辰,因为他是子年生,属鼠的,属员们便集资铸了一个金老鼠去作贺礼。知县收受之后,另寻了机会对大众说道:明年又恰巧是贱内的整寿;她比我小一岁,是属牛的。其实,如果大家先不送金老鼠,他决不敢想金牛。一送开手,可就难于收拾了,无论金牛无力致送,即使送了,怕他的姨太太也会属象。象不在十二生肖之内,似乎不近情理罢,但这是我替他设想的法子罢了,知县当然别有我们所莫测高深的妙法在。

民元革命时候,我在S城,来了一个都督。他虽然也出身绿林大学,未尝"读经"(?),但倒是还算顾大局,听舆论的,可是自绅士以至于庶民,又用了祖传的捧法群起而捧之了。这个拜会,那个恭维,今天送衣料,明天送翅席,捧得他连自己也忘其所以,结果是渐渐变成老官僚一样,动手刮地皮。

最奇怪的是北几省的河道,竟捧得河身比屋顶高得多了。当初自然是防其溃决,所以塞上一点土;殊不料愈壅愈高，一旦溃决，那祸害就更大。于是就"抢堤"咧，"护堤"咧，"严防决堤"咧，花色繁多，大家吃苦。如果当初见河水泛滥，不去增堤，却去挖底，我以为决不至于这样。

有贪图金牛者，不但金老鼠，便是死老鼠也不给。那么，此辈也就连生日都未必做了。单是省却拜寿，已经是一件大快事。

中国人的自讨苦吃的根苗在于捧，"自求多福"之道却在于挖。其实，劳力之量是差不多的，但从惰性太多的人们看来，却以为还是捧省力。

十二月十日。

三　最先与最后

《韩非子》说赛马的妙法，在于"不为最先，不耻最后"。这虽是从我们这样外行的人看起来，也觉得很有理。因为假若一开首便拼命奔驰，则马力易竭。但那第一句是只适用于赛马的，不幸中国人却奉为人的处世金箴了。

中国人不但"不为戎首","不为祸始",甚至于"不为福先"。所以凡事都不容易有改革；前驱和闯将，大抵是谁也怕得做。然而人性岂真能如道家所说的那样恬淡；欲得的却多。既然不敢径取，就只好用阴谋和手段。以此，人们也就日见其卑怯了，既是"不为最先"，自然也不敢"不耻最后"，所以虽是一大堆群众，略见危机，便"纷纷作鸟兽散"了。如果偶有几个不肯退转，因而受害的，公论家便异口同声，称之曰傻子。对于"锲而不舍"的人们也一样。

我有时也偶尔去看看学校的运动会。这种竞争，本来不像两敌国的开战，挟有仇隙的，然而也会因了竞争而骂，或者竟打起来。但这些事又作别论。竞走的时候，大抵是最快的三四个人一到决胜点，其余的便松懈了，有几个还至于失了跑完豫定的圈数的勇气，中途挤入看客的群集中；或者佯为跌倒，使红十字队用担架将他抬走。假若偶有虽然落后，却尽跑，尽跑的人，大家就嗤笑他。大概是因为他太不聪明，"不耻最后"的缘故罢。

所以中国一向就少有失败的英雄，少有韧性的反抗，少有敢单身鏖战的武人，少有敢抚哭叛徒的吊客；

见胜兆则纷纷聚集,见败兆则纷纷逃亡。战具比我们精利的欧美人,战具未必比我们精利的匈奴蒙古满洲人,都如入无人之境。"土崩瓦解"这四个字,真是形容得有自知之明。

多有"不耻最后"的人的民族,无论什么事,怕总不会一下子就"土崩瓦解"的,我每看运动会时,常常这样想:优胜者固然可敬,但那虽然落后而仍非跑至终点不止的竞技者,和见了这样竞技者而肃然不笑的看客,乃正是中国将来的脊梁。

四 流产与断种

近来对于青年的创作,忽然降下一个"流产"的恶谥,哄然应和的就有一大群。我现在相信,发明这话的是没有什么恶意的,不过偶尔说一说;应和的也是情有可原的,因为世事本来大概就这样。

我独不解中国人何以于旧状况那么心平气和,于较新的机运就这么疾首蹙额;于已成之局那么委曲求全,于初兴之事就这么求全责备?

智识高超而眼光远大的先生们开导我们:生下来

的倘不是圣贤,豪杰,天才,就不要生;写出来的倘不是不朽之作,就不要写;改革的事倘不是一下子就变成极乐世界,或者,至少能给我(!)有更多的好处,就万万不要动!……

那么,他是保守派么?据说:并不然的。他正是革命家。惟独他有公平,正当,稳健,圆满,平和,毫无流弊的改革法;现下正在研究室里研究着哩,——只是还没有研究好。

什么时候研究好呢?答曰:没有准儿。

孩子初学步的第一步,在成人看来,的确是幼稚,危险,不成样子,或者简直是可笑的。但无论怎样的愚妇人,却总以恳切的希望的心,看他跨出这第一步去,决不会因为他的走法幼稚,怕要阻碍阔人的路线而"逼死"他;也决不至于将他禁在床上,使他躺着研究到能够飞跑时再下地。因为她知道:假如这么办,即使长到一百岁也还是不会走路的。

古来就这样,所谓读书人,对于后起者却反而专用彰明较著的或改头换面的禁锢。近来自然客气些,有谁出来,大抵会遇见学士文人们挡驾:且住,请坐。接着是谈道理了:调查,研究,推敲,修养,……结果是老死在原地方。否则，便得到"捣乱"的称号。我也曾有如现在的青年一样，向已死和未死的导师们问过应走的路。他们都说：不可向东，或西，或南，或北。但不说应该向东，或西，或南，或北。我终于发见他们心底里的蕴蓄了：不过是一个"不走"而已。

坐着而等待平安，等待前进，倘能，那自然是很好的，但可虑的是老死而所等待的却终于不至；不生育，不流产而等待一个英伟的宁馨儿，那自然也很可喜的，但可虑的是终于什么也没有。

倘以为与其所得的不是出类拔萃的婴儿，不如断种，那就无话可说。但如果我们永远要听见人类的足音，则我以为流产究竟比不生产还有望，因为这已经明明白白地证明着能够生产的了。

十二月二十日。

一点比喻

在我的故乡不大通行吃羊肉,阖城里,每天大约不过杀几匹山羊。北京真是人海,情形可大不相同了,单是羊肉铺就触目皆是。雪白的群羊也常常满街走,但都是胡羊,在我们那里称绵羊的。山羊很少见;听说这在北京却颇名贵了,因为比胡羊聪明,能够率领羊群,悉依它的进止,所以畜牧家虽然偶而养几匹,却只用作胡羊们的领导,并不杀掉它。

这样的山羊我只见过一回,确是走在一群胡羊的前面,脖子上还挂着一个小铃铎,作为智识阶级的徽章。通常,领的赶的却多是牧人,胡羊们便成了一长串,挨挨挤挤,浩浩荡荡,凝着柔顺有余的眼色,跟定他匆匆地竞奔它们的前程。我看见这种认真的忙迫的情形时,心里总想开口向它们发一句愚不可及的疑问——

"往那里去?!"

人群中也很有这样的山羊,能领了群众稳妥平静地走去,直到他们应该走到的所在。袁世凯明白一点这种事,可惜用得不大巧,大概因为他是不很读书的,所以也就难于熟悉运用那些的奥妙。后来的武人可更蠢了,只会自己乱打乱割,乱得哀号之声,洋洋盈耳,结果是除了残虐百姓之外,还加上轻视学问,荒废教育的恶名。然而"经一事,长一智",二十世纪已过了四分之一,脖子上挂着小铃铎的聪明人是总要交到红运的,虽然现在表面上还不免有些小挫折。

那时候,人们,尤其是青年,就都循规蹈矩,既不嚣张,也不浮动,一心向着"正路"前进了,只要没有人问——

"往那里去?!"

君子若曰:"羊总是羊,不成了一长串顺从地走,还有什么别的法子呢?君不见夫猪乎?拖延着,逃着,喊着,奔突着,终于也还是被捉到非去不可的地方去,那些暴动,不过是空费力气而已矣。"

这是说:虽死也应该如羊,使天下太平,彼此省力。

这计划当然是很妥帖,大可佩服的。然而,君不见夫野猪乎?它以两个牙,使老猎人也不免于退避。这牙,只要猪脱出了牧豕奴所造的猪圈,走入山野,不久就会长出来。

Schopenhauer 先生曾将绅士们比作豪猪,我想,这实在有些失体统。但在他,自然是并没有什么别的恶意的,不过拉扯来作一个比喻。*Parerga und Paralipomena*① 里有着这样意思的话:有一群豪猪,在冬天想用了大家的体温来御寒冷,紧靠起来了,但它们彼此即刻又觉得刺的疼痛,于是乎又离开。然而温暖的必要,再使它们靠近时,却又吃了照样的苦。但它们在这两种困难中,终于发见了彼此之间的适宜的间隔,以这距离,它们能够过得最平安。人们因为社交的要求,聚在一处,又因为各有可厌的许多性质和难堪的缺陷,再使他们分离。他们最后所发见的距离,——使他们得以聚在一处的中庸的距离,就是"礼让"和"上流的风习"。有不守这距离的,在英国就这

---

① *Parerga und Paralipomena*:叔本华 1851 年出版的杂文集《副业和补遗》。

样叫，"Keep your distance!"①

但即使这样叫，恐怕也只能在豪猪和豪猪之间才有效力罢，因为它们彼此的守着距离，原因是在于痛而不在于叫的。假使豪猪们中夹着一个别的，并没有刺，则无论怎么叫，它们总还是挤过来。孔子说：礼不下庶人。照现在的情形看，该是并非庶人不得接近豪猪，却是豪猪可以任意刺着庶人而取得温暖。受伤是当然要受伤的，但这也只能怪你自己独独没有刺，不足以让他守定适当的距离。孔子又说：刑不上大夫。这就又难怪人们的要做绅士。

这些豪猪们，自然也可以用牙角或棍棒来抵御的，但至少必须拼出背一条豪猪社会所制定的罪名："下流"或"无礼"。

一月二十五日。

---

① "Keep your distance"：英语，译为"保持你的距离！"

送灶日漫笔

坐听着远远近近的爆竹声,知道灶君先生们都在陆续上天,向玉皇大帝讲他的东家的坏话去了,但是他大概终于没有讲,否则,中国人一定比现在要更倒楣。

灶君升天的那日,街上还卖着一种糖,有柑子那么大小,在我们那里也有这东西,然而扁的,像一个厚厚的小烙饼。那就是所谓"胶牙饧"了。本意是在请灶君吃了,粘住他的牙,使他不能调嘴学舌,对玉帝说坏话。我们中国人意中的神鬼,似乎比活人要老实些,所以对鬼神要用这样的强硬手段,而于活人却只好请吃饭。

今之君子往往讳言吃饭,尤其是请吃饭。那自然是无足怪的,的确不大好听。只是北京的饭店那么多，饭局那么多，莫非都在食蛤蜊，谈风月，"酒酣耳热而歌呜呜"么？不尽然的，的确也有许多"公论"从这些地方播种，只因为公论和请帖之间看不出蛛丝马迹，所以议论便堂哉皇哉了。但我的意见，却以为还是酒后的公论有情。人非木石，岂能一味谈理，碍于情面而偏过去了，在这里正有着人气息。况且中国是一向重情面的。何谓情面？明朝就有人解释过，曰："情面者，面情之谓也。"自然不知道他说什么，但也就可以懂得他说什么。在现今的世上，要有不偏不倚的公论，本来是一种梦想；即使是饭后的公评，酒后的宏议，也何尝不可姑妄听之呢。然而，倘以为那是真正老牌的公论，却一定上当，——但这也不能独归罪于公论家，社会上风行请吃饭而讳言请吃饭，使人们不得不虚假，那自然也应该分任其咎的。

记得好几年前，是"兵谏"之后，有枪阶级专喜欢在天津会议的时候，有一个青年愤愤地告诉我道：他们那里是会议呢，在酒席上，在赌桌上，带着说几句就决定了。他就是受了"公论不发源于酒饭说"之骗的一个，所以永远是愤然，殊不知他那理想中的情形，怕要到二九二五年才会出现呢，或者竟许到三九二五年。

然而不以酒饭为重的老实人，却是的确也有的，要不然，中国自然还要坏。有些会议，从午后二时起，讨论问题，研究章程，此问彼难，风起云涌，一直到七八点，大家就无端觉得有些焦躁不安，脾气愈大了，议论愈纠纷了，章程愈渺茫了，虽说我们到讨论完毕后才散罢，但终于一哄而散，无结果。这就是轻视了吃饭的报应，六七点钟时分的焦躁不安，就是肚子对于本身和别人的警告，而大家误信了吃饭与讲公理无关的妖言，毫不瞅睬，所以肚子就使你演说也没精采，宣言也——连草稿都没有。

但我并不说凡有一点事情，总得到什么太平湖饭店，撷英番菜馆之类里去开大宴；我于那些店里都没有股本，犯不上替他们来拉主顾，人们也不见得都有这么多的钱。我不过说，发议论和请吃饭，现在还是有关系的；请吃饭之于发议论，现在也还是有益处的；虽然，这也是人情之常，无足深怪的。

顺便还要给热心而老实的青年们进一个忠告，就是没酒没饭的开会，时候不要开得太长，倘若时候已晚了，那么，买几个烧饼来吃了再说。这么一办，总可以比空着肚子的讨论容易有结果，容易得收场。

胶牙饧的强硬办法，用在灶君身上我不管它怎样，用之于活人是不大好的。倘是活人，莫妙于给他醉饱一次，使他自己不开口，却不是胶住他。中国人对人的手段颇高明，对鬼神却总有些特别，二十三夜的捉弄灶君即其一例，但说起来也奇怪，灶君竟至于到了现在，还仿佛没有省悟似的。

道士们的对付"三尸神"，可是更利害了。我也没有做过道士，详细是不知道的，但据"耳食之言"，则道士们以为人身中有三尸神，到有一日，便乘人熟睡时，偷偷地上天去奏本身的过恶。这实在是人体本身中的奸细，《封神传演义》常说的"三尸神暴躁，七窍生烟"的三尸神，也就是这东西。但据说要抵制他却不难，因为他上天的日子是有一定的，只要这一日不睡觉，他便无隙可乘，只好将过恶都放在肚子里，再看明年的机会了。连胶牙饧都没得吃，他实在比灶君还不幸，值得同情。

三尸神不上天，罪状都放在肚子里；灶君虽上天，满嘴是糖，在玉皇大帝面前含含胡胡地说了一通，又下来了。对于下界的情形，玉皇大帝一点也听不懂，一点也不知道，于是我们今年当然还是一切照旧，天下太平。

我们中国人对于鬼神也有这样的手段。

我们中国人虽然敬信鬼神；却以为鬼神总比人们傻，所以就用了特别的方法来处治他。至于对人，那自然是不同的了，但还是用了特别的方法来处治，只是不肯说；你一说，据说你就是卑视了他了。诚然，自以为看穿了的话，有时也的确反不免于浅薄。

二月五日。

马上日记

豫序

在日记还未写上一字之前,先做序文,谓之豫序。

我本来每天写日记,是写给自己看的;大约天地间写着这样日记的人们很不少。假使写的人成了名人,死了之后便也会印出;看的人也格外有趣味,因为他写的时候不像做《内感篇》外冒篇似的须摆空架子,所以反而可以看出真的面目来。我想,这是日记的正宗嫡派。

我的日记却不是那样。写的是信札往来,银钱收付,无所谓面目,更无所谓真假。例如:二月二日晴,得A信;B来。三月三日雨,收C校薪水X元,复D

信。一行满了，然而还有事，因为纸张也颇可惜，便将后来的事写入前一天的空白中。总而言之：是不很可靠的。但我以为 B 来是在二月一，或者二月二，其实不甚有关系，即便不写也无妨；而实际上，不写的时候也常有。我的目的，只在记上谁有来信，以便答复，或者何时答复过，尤其是学校的薪水，收到何年何月的几成几了，零零星星，总是记不清楚，必须有一笔帐，以便检查，庶几乎两不含胡，我也知道自己有多少债放在外面，万一将来收清之后，要成为怎样的一个小富翁。此外呢，什么野心也没有了。

吾乡的李慈铭先生，是就以日记为著述的，上自朝章，中至学问，下迄相骂，都记录在那里面。果然，现在已有人将那手迹用石印印出了，每部五十元，在这样的年头，不必说学生，就是先生也无从买起。那日记上就记着，当他每装成一函的时候，早就有人借来借去的传钞了，正不必老远的等待"身后"。这虽然不像日记的正脉，但若有志在立言，意存褒贬，欲人知而又畏人知的，却不妨模仿着试试。什么做了一点白话，便说是要在一百年后发表的书里面的一篇，真是其蠢臭为不可及也。

我这回的日记,却不是那样的"有厚望焉"的,也不是原先的很简单的,现在还没有,想要写起来。四五天以前看见半农,说是要编《世界日报》的副刊去,你得寄一点稿。那自然是可以的喽。然而稿子呢?这可着实为难。看副刊的大抵是学生,都是过来人,做过什么"学而时习之不亦说乎论"或"人心不古议"的,一定知道做文章是怎样的味道。有人说我是"文学家",其实并不是的,不要相信他们的话,那证据,就是我也最怕做文章。

然而既然答应了,总得想点法。想来想去,觉得感想倒偶尔也有一点的,平时接着一懒,便搁下,忘掉了。如果马上写出,恐怕倒也是杂感一类的东西。于是乎我就决计:一想到,就马上写下来,马上寄出去,算作我的画到簿。因为这是开首就准备给第三者看的,所以恐怕也未必很有真面目,至少,不利于己的事,现在总还要藏起来。愿读者先明白这一点。

如果写不出,或者不能写了,马上就收场。所以这日记要有多么长,现在一点不知道。

一九二六年六月二十五日,记于东壁下。

六月二十五日

晴。

生病。——今天还写这个,仿佛有点多事似的。因为这是十天以前的事,现在倒已经可以算得好起来了。不过余波还没有完,所以也只好将这作为开宗明义章第一。谨案才子立言,总须大嚷三大苦难:一曰穷,二曰病,三曰社会迫害我。那结果,便是失掉了爱人;若用专门名词,则谓之失恋。我的开宗明义虽然近似第二大苦难,实际上却不然,倒是因为端午节前收了几文稿费,吃东西吃坏了,从此就不消化,胃痛。我的胃的八字不见佳,向来就担不起福泽的。也很想看医生。中医,虽然有人说是玄妙无穷,内科尤为独步,我可总是不相信。西医呢,有名的看资贵,事情忙,诊视也潦草,无名的自然便宜些,然而我总还有些踌躇。事情既然到了这样,当然只好听凭敝胃隐隐地痛着了。

自从西医割掉了梁启超的一个腰子以后,责难之声就风起云涌了,连对于腰子不很有研究的文学家也都"仗义执言"。同时,"中医了不得论"也就应运而起;腰子有病,何不服黄蓍欤?什么有病,何不吃鹿茸欤? 但西医的病院里确也常有死尸抬出。我曾经忠告过G先生:你要开医院,万不可收留些看来无法挽回的病人;治好了走出,没有人知道,死掉了抬出,就哄动一时了,尤其是死掉的如果是"名流"。我的本意是在设法推行新医学,但G先生却似乎以为我良心坏。这也未始不可以那么想,——由他去罢。

但据我看来,实行我所说的方法的医院可很有,只是他们的本意却并不在要使新医学通行。新的本国的西医又大抵模模胡胡,一出手便先学了中医一样的江湖诀,和水的龙胆丁几两日份八角;漱口的淡硼酸水每瓶一元。至于诊断学呢,我似的门外汉可不得而知。总之,西方的医学在中国还未萌芽,便已近于腐败。我虽然只相信西医,近来也颇有些望而却步了。

前几天和季茀①谈起这些事,并且说,我的病,只要有熟人开一个方就好,用不着向什么博士化冤钱。第二天,他就给我请了正在继续研究的Dr. H.②来了。开了一个方,自然要用稀盐酸,还有两样这里无须说;

---

① 季茀:许寿裳(1883—1948),字季茀,鲁迅好友。
② Dr. H.:指许诗堇,许寿裳兄许铭伯之子。

我所最感谢的是又加些 Sirup Simpel① 使我喝得甜甜的,不为难。向药房去配药,可又成为问题了,因为药房也不免有模模胡胡的,他所没有的药品,也许就替换,或者竟删除。结果是托 Fraeulein H.② 远远地跑到较大的药房去。

这样一办,加上车钱,也还要比医院的药价便宜到四分之三。

胃酸得了外来的生力军,强盛起来,一瓶药还未喝完,痛就停止了。我决定多喝它几天。但是,第二瓶却奇怪,同一的药房,同一的药方,药味可是不同一了;不像前一回的甜,也不酸。我检查我自己,并不发热,舌苔也不厚,这分明是药水有些蹊跷。喝了两回,坏处倒也没有;幸而不是急病,不大要紧,便照例将它喝完。去买第三瓶时,却附带了严重的质问;那回答是:也许糖分少了一点罢。这意思就是说紧要的药品没有错。中国的事情真是稀奇,糖分少一点,不但不甜,连酸也不酸了,的确是"特别国情"。

现在多攻击大医院对于病人的冷漠,我想,这些

---

① Sirup Simpel:德语,指纯糖浆。
② Fraeulein H.:德语,H 女士,指许广平。

医院,将病人当作研究品,大概是有的,还有在院里的"高等华人",将病人看作下等研究品,大概也是有的。不愿意的,只好上私人所开的医院去,可是诊金药价都很贵。请熟人开了方去买药呢,药水也会先后不同起来。

这是人的问题。做事不切实,便什么都可疑。吕端大事不胡涂,犹言小事不妨胡涂点,这自然很足以显示我们中国人的雅量,然而我的胃痛却因此延长了。在宇宙的森罗万象中,我的胃痛当然不过是小事,或者简直不算事。

质问之后的第三瓶药水,药味就同第一瓶一样了。先前的闷胡卢,到此就很容易打破,就是那第二瓶里,是只有一日分的药,却加了两日分的水的,所以药味比正当的要薄一半。

虽然连吃药也那么蹭蹬,病却也居然好起来了。病略见好,H就攻击我头发长,说为什么不赶快去剪发。

这种攻击是听惯的,照例"着毋庸议"。但也不想用功,只是清理抽屉。翻翻废纸,其中有一束纸条,是前几年钞写的;这很使我觉得自己也日懒一日了,现在早不想做这类事。那时大概是想要做一篇攻击近时印书，胡乱标点之谬的文章的，废纸中就钞有很奇妙的例子。要塞进字纸篓里时，觉得有几条总还是爱不忍释，现在钞几条在这里，马上印出，以便"有目共赏"罢。其余的便作为换取火柴之助——

"国朝陈锡路黄嬾余话云。唐傅奕考覈道经众本。有项羽妾。本齐武平五年彭城人。开项羽妾冢。得之。"（上海进步书局石印本《茶香室丛钞》卷四第二叶。）

"国朝欧阳泉点勘记云。欧阳修醉翁亭。记让泉也。本集及滁州石刻。並同诸选本。作酿泉。误也。"（同上卷八第七叶。）

"袁石公典试秦中。后颇自悔。其少作诗文。皆粹然一出于正。"（上海士林精舍石印本《书影》卷一第四叶。）

"考……顺治中，秀水又有一陈忱，……著诚斋诗集，不出户庭，录读史随笔，同姓名录诸书。"（上海亚东图书馆排印本《水浒续集两种序》第七叶。）

标点古文，确是一种小小的难事，往往无从下笔；有许多处，我常疑心即使请作者自己来标点，怕也不免于迟疑。但上列的几条，却还不至于那么无从索解。末两条的意义尤显豁,而标点也弄得更聪明。

六月二十六日

晴。

上午,得霁野从他家乡寄来的信,话并不多,说家里有病人,别的一切人也都在毫无防备的将被疾病袭击的恐怖中;末尾还有几句感慨。

午后,织芳从河南来,谈了几句,匆匆忙忙地就走了,放下两个包,说这是"方糖",送你吃的,怕不见得好。织芳这一回有点发胖,又这么忙,又穿着方马褂,我恐怕他将要做官了。

打开包来看时,何尝是"方"的,却是圆圆的小薄片,黄棕色。吃起来又凉又细腻,确是好东西。但我不明白织芳为什么叫它"方糖"? 但这也就可以作为他将要做官的一证。

景宋说这是河南一处什么地方的名产,是用柿霜做成的;性凉,如果嘴角上生些小疮之类,用这一搽,便会好。怪不得有这么细腻,原来是凭了造化的妙手,用柿皮来滤过的。可惜到他说明的时候,我已经吃了一大半了。连忙将所余的收起,豫备将来嘴角上生疮的时候,好用这来搽。

夜间,又将藏着的柿霜糖吃了一大半,因为我忽而又以为嘴角上生疮的时候究竟不很多,还不如现在趁新鲜吃一点。不料一吃,就又吃了一大半了。

六月二十八日

晴,大风。

上午出门,主意是在买药,看见满街挂着五色国旗;军警林立。走到丰盛胡同中段,被军警驱入一条小胡同中。少顷,看见大路上黄尘滚滚,一辆摩托车驰过;少顷,又是一辆;少顷,又是一辆;又是一辆;又是一辆……。车中人看不分明,但见金边帽。车边上挂着兵,有的背着扎红绸的板刀;小胡同中人都肃然有敬畏之意。又少顷,摩托车没有了,我们渐渐溜出,军警也不作声。

溜到西单牌楼大街,也是满街挂着五色国旗,军警林立。一群破衣孩子,各各拿着一把小纸片,叫道:欢迎吴玉帅号外呀!一个来叫我买,我没有买。

将近宣武门口,一个黄色制服,汗流满面的汉子从外面走进来,忽而大声道:草你妈!许多人都对他看,但他走过去了,许多人也就不看了。走进宣武门城洞下,又是一个破衣孩子拿着一把小纸片,但却默默地将一张塞给我,接来一看,是石印的李国恒先生的传单,内中大意,是说他的多年痔疮,已蒙一个国手叫作什么先生的医好了。

到了目的地的药房时,外面正有一群人围着看两个人的口角;一柄浅蓝色的旧洋伞正挡住药房门。我推那洋伞时,斤量很不轻;终于伞底下回过一个头来,问我"干什么?"我答说进去买药。他不作声,又回头去看口角去了,洋伞的位置依旧。我只好下了十二分的决心,猛力冲锋;一冲,可就冲进去了。

药房里只有帐桌上坐着一个外国人,其余的店伙都是年青的同胞,服饰干净漂亮。不知怎地,我忽而觉得十年以后,他们便都要变为高等华人,而自己却现在就有下等人之感。于是乎恭恭敬敬地将药方和瓶子捧呈给一位分开头发的同胞。

"八毛五分。"他接了,一面走,一面说。

"喂!"我实在耐不住,下等脾气又发作了。药价八毛,瓶子钱照例五分,我是知道的。现在自己带了瓶子,怎么还要付五分钱呢?这一个"喂"字的功用就和国骂的"他妈的"相同,其中含有这么多的意义。

"八毛!"他也立刻懂得,将五分钱让去,真是"从善如流",有正人君子的风度。

我付了八毛钱,等候一会,药就拿出来了。我想,对付这一种同胞,有时是不宜于太客气的。于是打开瓶塞,当面尝了一尝。

"没有错的。"他很聪明,知道我不信任他。

"唔。"我点头表示赞成。其实是,还是不对,我的味觉不至于很麻木,这回觉得太酸了一点了,他连量杯也懒得用,那稀盐酸分明已经过量。然而这于我倒毫无妨碍的,我可以每回少喝些,或者对上水,多喝它几回。所以说"唔";"唔"者,介乎两可之间,莫明其真意之所在之答话也。

"回见回见!"我取了瓶子,走着说。

"回见。不喝水么?"

"不喝了。回见。"

我们究竟是礼教之邦的国民,归根结蒂,还是礼让。让出了玻璃门之后,在大毒日头底下的尘土中趑行,行到东长安街左近,又是军警林立。我正想横穿过去,一个巡警伸手拦住道:不成! 我说只要走十几步,到对面就好了。他的回答仍然是:不成! 那结果,是从别的道路绕。

绕到L君的寓所前,便打门,打出一个小使来,说L君出去了,须得午饭时候才回家。我说,也快到这个时候了,我在这里等一等罢。他说:不成! 你贵姓呀? 这使我很狼狈,路既这么远,走路又这么难,白走一遭,实在有些可惜。我想了十秒钟,便从衣袋里挖出一张名片来,叫他进去禀告太太,说有这么一个人,要在这里等一等,可以不? 约有半刻钟,他出来了,结果是:也不成! 先生要三点钟才回来哩,你三点钟再来罢。

又想了十秒钟,只好决计去访C君,仍在大毒日头底下的尘土中趑趄行,这回总算一路无阻,到了。打门一问,来开门的答道:去看一看可在家。我想:这一次是大有希望了。果然,即刻领我进客厅,C君也跑出来。我首先就要求他请我吃午饭。于是请我吃面包,还有葡萄酒;主人自己却吃面。那结果是一盘面包被我吃得精光,虽然另有奶油,可是四碟菜也所余无几了。

吃饱了就讲闲话,直到五点钟。

客厅外是很大的一块空地方,种着许多树。一株频果树下常有孩子们徘徊;C君说,那是在等候频果落下来的;因为有定律:谁拾得就归谁所有。我很笑孩子们耐心,肯做这样的迂远事。然而奇怪,到我辞别出去时,我看见三个孩子手里已经各有一个频果了。

回家看日报,上面说:"……吴在长辛店留宿一宵。除上述原因外,尚有一事,系吴由保定启程后,张其锽曾为吴卜一课,谓二十八日入京大利,必可平定西北。二十七日入京欠佳。吴颇以为然。此亦吴氏迟一日入京之由来也。"因此又想起我今天"不成"了大半天,运气殊属欠佳,不如也卜一课,以觇晚上的休咎罢。但我不明卜法,又无蓍龟,实在无从措手。后来发明了一种新法,就是随便拉过一本书来,闭了眼睛,翻开,用手指指下去,然后张开眼,看指着的两句,就算是卜辞。

用的是《陶渊明集》,如法泡制,那两句是:"寄意一言外,兹契谁能别。"详了一会,竟不知道是怎么一回事。

马上支日记

前几天会见小峰,谈到自己要在半农所编的副刊上投点稿,那名目是《马上日记》。小峰怃然曰,回忆归在《旧事重提》中,目下的杂感就写进这日记里面去……。意思之间,似乎是说:你在《语丝》上做什么呢?——但这也许是我自己的疑心病。我那时可暗暗地想:生长在敢于吃河豚的地方的人,怎么也会这样拘泥?政党会设支部,银行会开支店,我就不会写支日记的么?因为《语丝》上须投稿,而这暗想马上就实行了,于是乎作支日记。

六月二十九日
晴。
早晨被一个小蝇子在脸上爬来爬去爬醒,赶开,又来；赶开，又来；而且一定要在脸上的一定的地方爬。打了一回，打它不死，只得改变方针：自己起来。

记得前年夏天路过S州，那客店里的蝇群却着实使人惊心动魄。饭菜搬来时，它们先追逐着赏鉴；夜间就停得满屋，我们就枕，必须慢慢地，小心地放下头去，倘若猛然一躺，惊动了它们，便轰的一声，飞得你头昏眼花，一败涂地。到黎明，青年们所希望的黎明，那自然就照例地到你脸上来爬来爬去了。但我经过街上，看见一个孩子睡着，五六个蝇子在他脸上爬，他却睡得甜甜的，连皮肤也不牵动一下。在中国过活，这样的训练和涵养工夫是万不可少的。与其鼓吹什么"捕蝇"，倒不如练习这一种本领来得切实。

什么事都不想做。不知道是胃病没有全好呢，还是缺少了睡眠时间。仍旧懒懒地翻翻废纸，又看见几条《茶香室丛钞》式的东西。已经团入字纸篓里的了，又觉得"弃之不甘"，挑一点关于《水浒传》的，移录在这里罢——

宋洪迈《夷坚甲志》十四云："绍兴二十五年，吴傅朋说除守安丰军，自番阳遣一卒往呼吏士，行至舒州境,见村民穰穰,十百相聚,因弛担观之。其人曰,吾村有妇人为虎衔去,其夫不胜愤,独携刀往探虎穴,移时不反,今谋往救也。久之,民负死妻归,云,初寻迹至穴,虎牝牡皆不在,有二子戏岩窦下,即杀之,而隐其中以俟。少顷,望牝者衔一人至,倒身入穴,不知人藏其中也。吾急持尾,断其一足。虎弃所衔人,踉蹡而窜;徐出视之,果吾妻也,死矣。虎曳足行数十步,堕涧中。吾复入窦伺,牡者俄咆跃而至,亦以尾先入,又如前法杀之。妻冤已报,无憾矣。乃邀邻里往视,舁四虎以归,分烹之。"案《水浒传》叙李逵沂岭杀四虎事,情状极相类,疑即本此等传说作之。《夷坚甲志》成于乾道初(1165),此条题云《舒民杀四虎》。

宋庄季裕《鸡肋编》中云:"浙人以鸭儿为大讳。北人但知鸭羹虽甚热,亦无气。后至南方,乃始知鸭若只一雄,则虽合而无卵,须二三始有子,其以为讳者,盖为是耳,不在于无气也。"案《水浒传》叙郓哥向武大索麦稃,"武大道:'我屋里又不养鹅鸭,那里有这麦稃?'郓哥道:'你说没麦秸,怎地栈得肥腌腌地,便颠倒提起你来也不妨,煮你在锅里也没气?'武大道:'含鸟猢狲!倒骂得我好。我的老婆又不偷汉子,我如何是鸭?'……"鸭必多雄始孕,盖宋时浙中俗说,今已不知。然由此可知《水浒传》确为旧本,其著者则浙人;虽庄季裕,亦仅知鸭羹无气而已。《鸡肋编》有绍兴三年(1133)序,去今已将八百年。

元陈泰《所安遗集》《江南曲序》云:"余童丱时,闻长老言宋江事,未究其详。至治癸亥秋九月十六日,过梁山泊,舟遥见一峰,嵲嶪雄跨,问之篙师,曰,此安山也,昔宋江事处,绝湖为池,阔九十里,皆蒬荷菱芡,相传以为宋妻所植。宋之为人,勇悍狂侠,其党如宋者三十六人。至今山下有分赃台,置石座三十六所,俗所谓'去时三十六,归时十八双',意者其自誓之辞也。始予过此,荷花弥望,今无复存者,惟残香相送耳。因记王荆公诗云:'三十六陂春水,白头想见江南。'味其词,作《江南曲》以叙游历,且以慰宋妻种荷之意云。(原注:曲因蠹损无存。)"案宋江有妻在梁山泺中,且植芰荷,仅见于此;而谓江勇悍狂侠,亦与今所传性格绝殊,知《水浒》故事,宋元来异说多矣。泰字志同,号所安,茶陵人,延祐甲寅(1314),以《天马赋》中省试第十二名,会试赐乙卯科张起岩榜进士第,由翰林庶吉士改授龙南令,卒官。至曾孙朴,始集其遗文为一卷。成化丁未,来孙铨等又并补遗重刊之。《江南曲》即在补遗中,而失其诗。近《涵芬楼秘笈》第十集收金侃手写本,则并序失之矣。"舟遥见一峰"及"昔宋江事处"二句,当有脱误,未见别本,无以正之。

七月一日

晴。

上午,空六来谈;全谈些报纸上所载的事,真伪莫辨。许多工夫之后,他走了,他所谈的我几乎都忘记了,等于不谈。只记得一件:据说吴佩孚大帅在一处宴会的席上发表,查得赤化的始祖乃是蚩尤,因为"蚩""赤"同音,所以蚩尤即"赤尤","赤尤"者,就是"赤化之尤"的意思;说毕,合座为之"欢然"云。

太阳很烈,几盆小草花的叶子有些垂下来了,浇了一点水。田妈忠告我:浇花的时候是每天必须一定的，不能乱；一乱，就有害。我觉得有理，便踌躇起来；但又想，没有人在一定的时候来浇花，我又没有一定的浇花的时候，如果遵照她的学说，那些小花可只好晒死罢了。即使乱浇，总胜于不浇；即使有害，总胜于晒死罢。便继续浇下去，但心里自然也不大踊跃。下午，叶子都直起来了，似乎不甚有害，这才放了心。

灯下太热，夜间便在暗中呆坐着，凉风微动，不觉也有些"欢然"。人倘能够"超然象外"，看看报章，倒也是一种清福。我对于报章，向来就不是博览家，然而这半年来，已经很遇见了些铭心绝品。远之，则如段祺瑞执政的《二感篇》，张之江督办的《整顿学风电》，陈源教授的《闲话》；近之，则如丁文江督办（？）的自称"书呆子"演说，胡适之博士的英国庚款答问，牛荣声先生的"开倒车"论（见《现代评论》七十八期），孙传芳督军的与刘海粟先生论美术书。但这些比起赤化源流考来，却又相去不可以道里计。今年春天，张之江督办明明有电报来赞成枪毙赤化嫌疑的学生，而弄到底自己还是逃不出赤化。这很使我莫明其妙；现在既知道蚩尤是赤化的祖师，那疑团可就冰释了。蚩尤曾打炎帝，炎帝也是"赤魁"。炎者，火德也，火色赤；帝不就是首领么？所以三一八惨案，即等于以赤讨赤，无论那一面，都还是逃不脱赤化的名称。

这样巧妙的考证天地间委实不很多，只记得先前在日本东京时，看见《读卖新闻》上逐日登载着一种大著作，其中有黄帝即亚伯拉罕的考据。大意是日本称油为"阿蒲拉"（Abura），油的颜色大概是黄的，所以"亚伯拉"就是"黄"。至于"帝"，是与"罕"形近，还是与"可汗"音近呢，我现在可记不真确了，总之：阿伯拉罕即油帝，油帝就是黄帝而已。篇名和作者，现在也都忘却，只记得后来还印成一本书，而且还只是上卷。但这考据究竟还过于弯曲，不深究也好。

七月二日

晴。

午后，在前门外买药后，绕到东单牌楼的东亚公司闲看。这虽然不过是带便贩卖一点日本书，可是关于研究中国的就已经很不少。因为或种限制，只买了一本安冈秀夫所作的《从小说看来的支那民族性》就走了，是薄薄的一本书，用大红深黄做装饰的，价一元二角。

傍晚坐在灯下,就看看那本书,他所引用的小说有三十四种,但其中也有其实并非小说和分一部为几种的。蚊子来叮了好几口,虽然似乎不过一两个,但是坐不住了,点起蚊烟香来,这才总算渐渐太平下去。

安冈氏虽然很客气,在绪言上说,"这样的也不仅只支那人,便是在日本,怕也有难于漏网的。"但是,"一测那程度的高下和范围的广狭,则即使夸称为支那的民族性,也毫无应该顾忌的处所,"所以从支那人的我看来,的确不免汗流浃背。只要看目录就明白了:一,总说;二,过度置重于体面和仪容;三,安运命而肯罢休;四,能耐能忍;五,乏同情心多残忍性;六,个人主义和事大主义;七,过度的俭省和不正的贪财;八,泥虚礼而尚虚文;九,迷信深;十,耽享乐而淫风炽盛。

他似乎很相信 Smith 的 *Chinese Characteristies*[①],常常引为典据。这书在他们,二十年前就有译本,叫作《支那人气质》;但是支那人的我们却不大有人留心它。第一章就是 Smith 说,以为支那人是颇有点做戏

---

① 指阿瑟·亨·史密斯所著的《中国人气质》一书。

气味的民族，精神略有亢奋，就成了戏子样，一字一句，一举手一投足，都装模装样，出于本心的分量，倒还是撑场面的分量多。这就是因为太重体面了，总想将自己的体面弄得十足，所以敢于做出这样的言语动作来。总而言之，支那人的重要的国民性所成的复合关键，便是这"体面"。

我们试来博观和内省，便可以知道这话并不过于刻毒。相传为戏台上的好对联，是"戏场小天地，天地大戏场"。大家本来看得一切事不过是一出戏，有谁认真的，就是蠢物。但这也并非专由积极的体面，心有不平而怯于报复，也便以万事是戏的思想了之。万事既然是戏，则不平也非真，而不报也非怯了。所以即使路见不平，不能拔刀相助，也还不失其为一个老牌的正人君子。

我所遇见的外国人，不知道可是受了 Smith 的影响，还是自己实验出来的，就很有几个留心研究着中国人之所谓"体面"或"面子"。但我觉得，他们实在是已经早有心得，而且应用了，倘若更加精深圆熟起来，则不但外交上一定胜利，还要取得上等"支那人"的好感情。这时须连"支那人"三个字也不说，代以"华人",因为这也是关于"华人"的体面的。

我还记得民国初年到北京时,邮局门口的扁额是写着"邮政局"的,后来外人不干涉中国内政的叫声高起来,不知道是偶然还是什么,不几天,都一律改了"邮务局"了。外国人管理一点邮"务",实在和内"政"不相干,这一出戏就一直唱到现在。

向来,我总不相信国粹家道德家之类的痛哭流涕是真心,即使眼角上确有珠泪横流,也须检查他手巾上可浸着辣椒水或生姜汁。什么保存国故,什么振兴道德,什么维持公理,什么整顿学风……心里可真是这样想?一做戏,则前台的架子,总与在后台的面目不相同。但看客虽然明知是戏,只要做得像,也仍然能够为它悲喜,于是这出戏就做下去了;有谁来揭穿的,他们反以为扫兴。

中国人先前听到俄国的"虚无党"三个字,便吓得屁滚尿流,不下于现在之所谓"赤化"。其实是何尝有这么一个"党";只是"虚无主义者"或"虚无思想者"却是有的,是都介涅夫(I. Turgeniev)给创立出来的名目,指不信神,不信宗教,否定一切传统和权威,要复归那出于自由意志的生活的人物而言。但是,这样的人物，从中国人看来也就已经可恶了。然而看看中国的一些人，至少是上等人，他们的对于神，宗教，传统的权威，是"信"和"从"呢，还是"怕"和"利用"？只要看他们的善于变化，毫无特操，是什么也不信从的，但总要摆出和内心两样的架子来。要寻虚无党，在中国实在很不少；和俄国的不同的处所，只在他们这么想，便这么说，这么做，我们的却虽然这么想，却是那么说，在后台这么做，到前台又那么做……。将这种特别人物，另称为"做戏的虚无党"或"体面的虚无党"以示区别罢，虽然这个形容词和下面的名词万万联不起来。

夜，寄品青信，托他向孔德学校去代借《间邱辨囿》。

夜半，在决计睡觉之前，从日历上将今天的一张撕去，下面这一张是红印的。我想，明天还是星期六，怎么便用红字了呢？仔细看时，有两行小字道："马厂誓师再造共和纪念"。我又想，明天可挂国旗呢？……于是，不想什么，睡下了。

七月三日

晴。

热极，上半天玩，下半天睡觉。

晚饭后在院子里乘凉,忽而记起万牲园,因此说:那地方在夏天倒也很可看,可惜现在进不去了。田妈就谈到那管门的两个长人,说最长的一个是她的邻居,现在已经被美国人雇去,往美国了,薪水每月有一千元。

这话给了我一个很大的启示。我先前看见《现代评论》上保举十一种好著作,杨振声先生的小说《玉君》即是其中的一种,理由之一是因为做得"长"。我于这理由一向总有些隔膜,到七月三日即"马厂誓师再造共和纪念"的晚上这才明白了:"长",是确有价值的。《现代评论》的以"学理和事实"并重自许,确也说得出,做得到。

今天到我的睡觉时为止,似乎并没有挂国旗,后半夜补挂与否,我不知道。

七月四日

晴。

早晨,仍然被一个蝇子在脸上爬来爬去爬醒,仍然赶不走,仍然只得自己起来。品青的回信来了,说孔德学校没有《闾邱辨囿》。

也还是因为那一本《从小说看来的支那民族性》。因为那里面讲到中国的肴馔,所以也就想查一查中国的肴馔。我于此道向来不留心,所见过的旧记,只有《礼记》里的所谓"八珍",《酉阳杂俎》里的一张御赐菜帐和袁枚名士的《随园食单》。元朝有和斯辉的《饮馔正要》,只站在旧书店头翻了一翻,大概是元版的,所以买不起。唐朝的呢,有杨煜的《膳夫经手录》,就收在《间邱辨囿》中。现在这书既然借不到,只好拉倒了。

近年尝听到本国人和外国人颂扬中国菜,说是怎样可口,怎样卫生,世界上第一,宇宙间第 n。但我实在不知道怎样的是中国菜。我们有几处是嚼葱蒜和杂合面饼,有几处是用醋,辣椒,腌菜下饭;还有许多人是只能舐黑盐,还有许多人是连黑盐也没得舐。中外人士以为可口,卫生,第一而第 n 的,当然不是这些;应该是阔人,上等人所吃的肴馔。但我总觉得不能因为他们这么吃,便将中国菜考列一等,正如去年虽然出了两三位"高等华人",而别的人们也还是"下等"的一般。

安冈氏的论中国菜,所引据的是威廉士的《中国》

(*Middle Kingdom by Williams*),在最末《耽享乐而淫风炽盛》这一篇中。其中有这么一段——

> "这好色的国民,便在寻求食物的原料时,也大概以所想像的性欲底效能为目的。从国外输入的特殊产物的最多数,就是认为含有这种效能的东西。……在大宴会中,许多菜单的最大部分,即是想像为含有或种特殊的强壮剂底性质的奇妙的原料所做。……"

我自己想,我对于外国人的指摘本国的缺失,是不很发生反感的,但看到这里却不能不失笑。筵席上的中国菜诚然大抵浓厚,然而并非国民的常食;中国的阔人诚然很多淫昏,但还不至于将肴馔和壮阳药并合。"纣虽不善,不如是之甚也。"研究中国的外国人,想得太深,感得太敏,便常常得到这样——比"支那人"更有性底敏感——的结果。

安冈氏又自己说——

> "笋和支那人的关系,也与虾正相同。彼国

人的嗜笋,可谓在日本人以上。虽然是可笑的话,也许是因为那挺然翘然的姿势,引起想像来的罢。"

会稽至今多竹。竹,古人是很宝贵的,所以曾有"会稽竹箭"的话。然而宝贵它的原因是在可以做箭,用于战斗,并非因为它"挺然翘然"像男根。多竹,即多笋;因为多,那价钱就和北京的白菜差不多。我在故乡,就吃了十多年笋,现在回想,自省,无论如何,总是丝毫也寻不出吃笋时,爱它"挺然翘然"的思想的影子来。因为姿势而想像它的效能的东西是有一种的,就是肉苁蓉,然而那是药,不是菜。总之,笋虽然常见于南边的竹林中和食桌上,正如街头的电干和屋里的柱子一般,虽"挺然翘然",和色欲的大小大概是没有什么关系的。

然而洗刷了这一点,并不足证明中国人是正经的国民。要得结论,还很费周折罢。可是中国人偏不肯研究自己。安冈氏又说,"去今十余年前,有……称为《留东外史》这一种不知作者的小说,似乎是记事实,大概是以恶意地描写日本人的性底不道德为目的的。

然而通读全篇，较之攻击日本人，倒是不识不知地将支那留学生的不品行，特地费了力招供出来的地方更其多，是滑稽的事。"这是真的，要证明中国人的不正经，倒在自以为正经地禁止男女同学，禁止模特儿这些事件上。

我没有恭逢过奉陪"大宴会"的光荣，只是经历了几回中宴会，吃些燕窝鱼翅。现在回想，宴中宴后，倒也并不特别发生好色之心。但至今觉得奇怪的，是在燉，蒸，煨的烂熟的肴馔中间，夹着一盘活活的醉虾。据安冈氏说，虾也是与性欲有关系的；不但从他，我在中国也听到过这类话。然而我所以为奇怪的，是在这两极端的错杂，宛如文明烂熟的社会里，忽然分明现出茹毛饮血的蛮风来。而这蛮风，又并非将由蛮野进向文明，乃是已由文明落向蛮野，假如比前者为白纸，将由此开始写字，则后者便是涂满了字的黑纸罢。一面制礼作乐，尊孔读经，"四千年声明文物之邦"，真是火候恰到好处了，而一面又坦然地放火杀人，奸淫掳掠，做着虽蛮人对于同族也还不肯做的事……全个中国，就是这样的一席大宴会！

我以为中国人的食物，应该去掉煮得烂熟，萎靡不振的；也去掉全生，或全活的。应该吃些虽然熟，然而还有些生的带着鲜血的肉类……。

正午，照例要吃午饭了，讨论中止。菜是：干菜，已不"挺然翘然"的笋干，粉丝，腌菜。对于绍兴，陈源教授所憎恶的是"师爷"和"刀笔吏的笔尖"，我所憎恶的是饭菜。《嘉泰会稽志》已在石印了，但还未出版，我将来很想查一查，究竟绍兴遇着过多少回大饥馑，竟这样地吓怕了居民，仿佛明天便要到世界末日似的，专喜欢储藏干物品。有菜，就晒干；有鱼，也晒干；有豆，又晒干；有笋，又晒得它不像样；菱角是以富于水分，肉嫩而脆为特色的，也还要将它风干……。听说探险北极的人，因为只吃罐头食物，得不到新东西，常常要生坏血病；倘若绍兴人肯带了干菜之类去探险，恐怕可以走得更远一点罢。

晚，得乔峰信并丛芜所译的布宁的短篇《轻微的歆歔》稿，在上海的一个书店里默默地躺了半年，这回总算设法讨回来了。

中国人总不肯研究自己。从小说来看民族性，也就是一个好题目。此外，则道士思想（不是道教，是方士）与历史上大事件的关系，在现今社会上的势力；孔教徒怎样使"圣道"变得和自己的无所不为相宜；战国游士说动人主的所谓"利""害"是怎样的，和现今的政客有无不同；中国从古到今有多少文字狱；历来"流言"的制造散布法和效验等等……可以研究的新方面实在多。

七月五日

晴。

晨，景宋将《小说旧闻钞》的一部分理清送来。自己再看了一遍，到下午才毕，寄给小峰付印。天气实在热得可以。

觉得疲劳。晚上，眼睛怕见灯光，熄了灯躺着，仿佛在享福。听得有人打门，连忙出去开，却是谁也没有，跨出门去根究，一个小孩子已在暗中逃远了。

关了门，回来，又躺下，又仿佛在享福。一个行人唱着戏文走过去，余音袅袅，道，"咿，咿，咿！"不知怎地忽然想起今天校过的《小说旧闻钞》里的强汝询老先生的议论来。这位先生的书斋就叫作求有益斋，则在那斋中写出来的文章的内容，也就可想而知。他自己说，诚不解一个人何以无聊到要做小说，看小说。

但于古小说的判决却从宽,因为他古,而且昔人已经著录了。

憎恶小说的也不只是这位强先生,诸如此类的高论,随在可以闻见。但我们国民的学问,大多数却实在靠着小说,甚至于还靠着从小说编出来的戏文。虽是崇奉关岳的大人先生们,倘问他心目中的这两位"武圣"的仪表,怕总不免是细着眼睛的红脸大汉和五绺长须的白面书生,或者还穿着绣金的缎甲,脊梁上还插着四张尖角旗。

近来确是上下同心,提倡着忠孝节义了,新年到庙市上去看年画,便可以看见许多新制的关于这类美德的图。然而所画的古人,却没有一个不是老生,小生,老旦,小旦,末,外,花旦……。

七月六日

晴。

午后,到前门外去买药。配好之后,付过钱,就站在柜台前喝了一回份。其理由有三:一,已经停了一天了,应该早喝;二,尝尝味道,是否不错的;三,天气太热,实在有点口渴了。

不料有一个买客却看得奇怪起来。我不解这有什么可以奇怪的；然而他竟奇怪起来了，悄悄地向店伙道：

"那是戒烟药水罢？"

"不是的！"店伙替我维持名誉。

"这是戒大烟的罢？"他于是直接地问我了。

我觉得倘不将这药认作"戒烟药水"，他大概是死不瞑目的。人生几何，何必固执，我便似点非点的将头一动，同时请出我那"介乎两可之间"的好回答来：

"唔唔……。"

这既不伤店伙的好意，又可以聊慰他热烈的期望，该是一帖妙药。果然，从此万籁无声，天下太平，我在安静中塞好瓶塞，走到街上了。

到中央公园，径向约定的一个僻静处所，寿山已先到，略一休息，便开手对译《小约翰》。这是一本好书，然而得来却是偶然的事。大约二十年前，我在日本东京的旧书店头买到几十本旧的德文文学杂志，内中有着这书的绍介和作者的评传，因为那时刚译成德文。觉得有趣，便托丸善书店去买来了；想译，没有这力。后来也常常想到，但总为别的事情岔开；直到去年，才决计在暑假中将它译好，并且登出广告去，而不料那一暑假过得比别的时候还艰难。今年又记得起来，翻检一过，疑难之处很不少，还是没有这力。问寿山可肯同译，他答应了，于是开手；并且约定，必须在这暑假期中译完。

晚上回家，吃了一点饭，就坐在院子里乘凉。田妈告诉我，今天下午，斜对门的谁家的婆婆和儿媳大吵了一通嘴。据她看来，婆婆自然有些错，但究竟是儿媳妇太不合道理了。问我的意思，以为何如。我先就没有听清吵嘴的是谁家，也不知道是怎样的两个婆媳，更没有听到她们的来言去语，明白她们的旧恨新仇。现在要我加以裁判，委实有点不敢自信，况且我又向来并不是批评家。我于是只得说：这事我无从断定。

但是这句话的结果很坏。在昏暗中，虽然看不见脸色，耳朵中却听到：一切声音都寂然了。静，沉闷的静；后来还有人站起，走开。

我也无聊地慢慢地站起，走进自己的屋子里，点了灯，躺在床上看晚报；看了几行，又无聊起来了，便碰到东壁下去写日记，就是这《马上支日记》。

院子里又渐渐地有了谈笑声,说论声。

今天的运气似乎很不佳:路人冤我喝"戒烟药水",田妈说我……。她怎么说,我不知道。但愿从明天起,不再这样。

马上日记之二

七月七日

晴。

每日的阴晴,实在写得自己也有些不耐烦了,从此想不写。好在北京的天气,大概总是晴的时候多;如果是梅雨期内,那就上午晴,午后阴,下午大雨一阵,听到泥墙倒塌声。不写也罢,又好在我这日记,将来决不会有气象学家拿去做参考资料的。

上午访素园,谈谈闲天,他说俄国有名的文学者毕力涅克(Boris Piliniak)上月已经到过北京,现在是走了。

我单知道他曾到日本,却不知道他也到中国来。

这两年中,就我所听到的而言,有名的文学家来到中国的有四个。第一个自然是那最有名的泰戈尔即"竺震旦",可惜被戴印度帽子的震旦人弄得一榻胡涂,终于莫名其妙而去;后来病倒在意大利,还电召震旦"诗哲"前往,然而也不知道"后事如何"。现在听说又有人要将甘地扛到中国来了,这坚苦卓绝的伟人,只在印度能生,在英国治下的印度能活的伟人,又要在震旦印下他伟大的足迹。但当他精光的脚还未踏着华土时,恐怕乌云已在出岫了。

其次是西班牙的伊本纳兹(Blasco Ibáñez),中国倒也早有人绍介过;但他当欧战时,是高唱人类爱和世界主义的,从今年全国教育联合会的议案看来,他实在很不适宜于中国,当然谁也不理他,因为我们的教育家要提倡民族主义了。

还有两个都是俄国人。一个是斯吉泰烈支(Ski-talez),一个就是毕力涅克。两个都是假名字。斯吉泰烈支是流亡在外的。毕力涅克却是苏联的作家,但据他自传,从革命的第一年起,就为着买面包粉忙了一年多。以后,便做小说,还吸过鱼油,这种生活,在中国大概便是整日叫穷的文学家也未必梦想到。

他的名字,任国桢君辑译的《苏俄的文艺论战》里是出现过的,作品的译本却一点也没有。日本有一本

《伊凡和马理》(Ivan and Maria),格式很特别,单是这一点,在中国的眼睛——中庸的眼睛——里就看不惯。文法有些欧化,有些人尚且如同眼睛里著了玻璃粉,何况体式更奇于欧化。悄悄地自来自去,实在要算是造化的。

还有,在中国,姓名仅仅一见于《苏俄的文艺论战》里的里培进司基(U.Libedinsky),日本却也有他的小说译出了,名曰《一周间》。他们的介绍之速而且多实在可骇。我们的武人以他们的武人为祖师,我们的文人却毫不学他们文人的榜样,这就可预卜中国将来一定比日本太平。

但据《伊凡和马理》的译者尾濑敬止氏说,则作者的意思,是以为"频果的花,在旧院落中也开放,大地存在间,总是开放"的。那么,他还是不免于念旧。然而他眼见,身历了革命了,知道这里面有破坏,有流血,有矛盾,但也并非无创造,所以他决没有绝望之心。这正是革命时代的活着的人的心。诗人勃洛克(Alexander Block)也如此。他们自然是苏联的诗人,但若用了纯马克斯流的眼光来批评,当然也还是很有可议的处所。不过我觉得托罗兹基(Trotsky)的文艺批评,倒还不至于如此森严。

可惜我还没有看过他们最新的作者的作品《一周间》。

革命时代总要有许多文艺家萎黄,有许多文艺家向新的山崩地塌般的大波冲进去,乃仍被吞没,或者受伤。被吞没的消灭了;受伤的生活着,开拓着自己的生活,唱着苦痛和愉悦之歌。待到这些逝去了,于是现出一个较新的新时代,产出更新的文艺来。

中国自民元革命以来,所谓文艺家,没有萎黄的,也没有受伤的,自然更没有消灭,也没有苦痛和愉悦之歌。这就是因为没有新的山崩地塌般的大波,也就是因为没有革命。

七月八日

上午,往伊东医士寓去补牙,等在客厅里,有些无聊。四壁只挂着一幅织出的画和两副对,一副是江朝宗的,一副是王芝祥的。署名之下,各有两颗印,一颗是姓名,一颗是头衔;江的是"迪威将军",王的是"佛门弟子"。

午后,密斯高来,适值毫无点心,只得将宝藏着的搽嘴角生疮有效的柿霜糖装在碟子里拿出去。我时常有点心，有客来便请他吃点心；最初是"密斯"和"密斯得"一视同仁，但密斯得有时委实利害，往往吃得很彻底，一个不留，我自己倒反有"向隅"之感。如果想吃，又须出去买来。于是很有戒心了，只得改变方针，有万不得已时，则以落花生代之。这一著很有效，总是吃得不多，既然吃不多，我便开始敦劝了，有时竟劝得怕吃落花生如织芳之流，至于因此逡巡逃走。从去年夏天发明了这一种花生政策以后，至今还在继续厉行。但密斯们却不在此限，她们的胃似乎比他们要小五分之四，或者消化力要弱到十分之八，很小的一个点心，也大抵要留下一半，倘是一片糖，就剩下一角。拿出来陈列片时，吃去一点，于我的损失是极微的，"何必改作"？

密斯高是很少来的客人，有点难于执行花生政策。恰巧又没有别的点心，只好献出柿霜糖去了。这是远道携来的名糖，当然可以见得郑重。

我想，这糖不大普通，应该先说明来源和功用。但是，密斯高却已经一目了然了。她说：这是出在河南汜水县的；用柿霜做成。颜色最好是深黄；倘是淡黄,那便不是纯柿霜。这很凉,如果嘴角这些地方生疮的时候,便含着,使它渐渐从嘴角流出,疮就好了。

她比我耳食所得的知道得更清楚,我只好不作声,而且这时才记起她是河南人。请河南人吃几片柿霜糖,正如请我喝一小杯黄酒一样,真可谓"其愚不可及也"。

茭白的心里有黑点的,我们那里称为灰茭,虽是乡下人也不愿意吃,北京却用在大酒席上。卷心白菜在北京论斤论车地卖,一到南边,便根上系着绳,倒挂在水果铺子的门前了,买时论两,或者半株,用处是放在阔气的火锅中,或者给鱼翅垫底。但假如有谁在北京特地请我吃灰茭,或北京人到南边时请他吃煮白菜,则即使不至于称为"笨伯",也未免有些乖张罢。

但密斯高居然吃了一片,也许是聊以敷衍主人的面子的。到晚上我空口坐着,想:这应该请河南以外的别省人吃的,一面想,一面吃,不料这样就吃完了。

凡物总是以希为贵。假如在欧美留学,毕业论文最好是讲李太白,杨朱,张三;研究萧伯讷,威尔士就不大妥当,何况但丁之类。《但丁传》的作者跋忒莱尔(A.J.Butler)就说关于但丁的文献实在看不完。待到回了中国,可就可以讲讲萧伯讷,威尔士,甚而至于莎士比亚了。何年何月自己曾在曼殊斐儿墓前痛哭,何月何日何时曾在何处和法兰斯点头,他还拍着自己的肩头说道:你将来要有些像我的!至于"四书""五经"之类,在本地似乎究以少谈为是。虽然夹些"流言"在内,也未必便于"学理和事实"有妨。

记"发薪"

下午,在中央公园里和C君做点小工作,突然得到一位好意的老同事的警报,说,部里今天发给薪水了,计三成;但必须本人亲身去领,而且须在三天以内。

否则?

否则怎样,他却没有说。但这是"洞若观火"的,否则,就不给。

只要有银钱在手里经过,即使并非檀越的布施,人是也总爱逞逞威风的,要不然,他们也许要觉到自己的无聊,渺小。明明有物品去抵押,当铺却用这样的势利脸和高柜台;明明用银元去换铜元,钱摊却帖着"收买现洋"的纸条,隐然以"买主"自命。钱票当然应该可以到负责的地方去换现钱,而有时却规定了极短的时间,还要领签,排班,等候,受气;军警督压着,手里还有国粹的皮鞭。

不听话么？不但不得钱，而且要打了！

我曾经说过，中华民国的官，都是平民出身，并非特别种族。虽然高尚的文人学士或新闻记者们将他们看作异类，以为比自己格外奇怪，可鄙可嗤；然而从我这几年的经验看来，却委实不很特别，一切脾气，却与普通的同胞差不多，所以一到经手银钱的时候，也还是照例有一点借此威风一下的嗜好。

"亲领"问题的历史，是起源颇古的，中华民国十一年，就因此引起过方玄绰的牢骚，我便将这写了一篇《端午节》。但历史虽说如同螺旋，却究竟并非印板，所以今之与昔，也还是小有不同。在昔盛世，主张"亲领"的是"索薪会"——呜呼，这些专门名词，恕我不暇一一解释了，而且纸张也可惜。——的骁将，昼夜奔走，向国务院呼号，向财政部坐讨，一旦到手，对于没有一同去索的人的无功受禄，心有不甘，用此给吃一点小苦头的。其意若曰，这钱是我们讨来的，就同我们的一样；你要，必得到这里来领布施。你看施衣施粥，有施主亲自送到受惠者的家里去的么？

然而那是盛世的事。现在是无论怎么"索"，早已一文也不给了，如果偶然"发薪"，那是意外的上头的嘉惠，和什么"索"丝毫无关。不过临时发布"亲领"命令的施主却还有，只是已非善于索薪的骁将，而是天天"画到"，未曾另谋生活的"不贰之臣"了。所以，先前的"亲领"是对于没有同去索薪的人们的罚，现在的"亲领"是对于不能空着肚子，天天到部的人们的罚。

但这不过是一个大意，此外的事，倘非身临其境，实在有些说不清。譬如一碗酸辣汤，耳闻口讲的，总不如亲自呷一口的明白。近来有几个心怀叵测的名人间接忠告我，说我去年作文，专和几个人闹意见，不再论及文学艺术，天下国家，是可惜的。殊不知我近来倒是明白了，身历其境的小事，尚且参不透，说不清，更何况那些高尚伟大，不甚了然的事业？我现在只能说说较为切己的私事，至于冠冕堂皇如所谓"公理"之类，就让公理专家去消遣罢。

总之，我以为现在的"亲领"主张家，已颇不如先前了，这就是"孤桐先生"之所谓"每况愈下"。而且便是空牢骚如方玄绰者，似乎也已经很寥寥了。

"去！"我一得警报，便走出公园，跳上车，径奔衙门去。

一进门,巡警就给我一个立正举手的敬礼,可见做官要做得较大,虽然阔别多日,他们也还是认识的。到里面,不见什么人,因为办公时间已经改在上午,大概都已亲领了回家了。觅得一位听差,问明了"亲领"的规则,是先到会计科去取得条子,然后拿了这条子,到花厅里去领钱。

就到会计科,一个部员看了一看我的脸,便翻出条子来。我知道他是老部员,熟识同人,负着"验明正身"的重大责任的;接过条子之后,我便特别多点了两个头,以表示告别和感谢之至意。

其次是花厅了,先经过一个边门,只见上帖纸条道:"丙组",又有一行小注是"不满百元"。我看自己的条子上,写的是九十九元,心里想,这真是"人生不满百,常怀千岁忧。……"同时便直撞进去。看见一个和我差不多大的官,说道这"不满百元"是指全俸而言,我的并不在这里,是在里间。

就到里间,那里有两张大桌子,桌旁坐着几个人,一个熟识的老同事就招呼我了;拿出条子去,签了名,换得钱票,总算一帆风顺。这组的旁边还坐着一位很胖的官,大概是监督者,因为他敢于解开了官纱——

也许是纺绸,我不大认识这些东西。——小衫,露着胖得拥成折叠的胸肚,使汗珠雍容地越过了折叠往下流。

这时我无端有些感慨,心里想,大家现在都说"灾官""灾官",殊不知"心广体胖"的还不在少呢。便是两三年前教员正嚷索薪的时候,学校的教员豫备室里也还有人因为吃得太饱了,咳的一声,胃中的气体从嘴里反叛出来。

走出外间,那一位和我差不多大的官还在,便拉住他发牢骚。

"你们怎么又闹这些玩艺儿了?"我说。

"这是他的意思……。"他和气地回答,而且笑嘻嘻的。

"生病的怎么办呢?放在门板上抬来么?"

"他说:这些都另法办理……。"

我是一听便了然的,只是在"门——衙门之门——外汉"怕不易懂,最好是再加上一点注解。这所谓"他"者,是指总长或次长而言。此时虽然似乎所指颇蒙胧,但再掘下去,便可以得到指实,但如果再掘下去,也许又要更蒙胧。总而言之,薪水既经到手,这些事便应该"适可而止,毋贪心也"的,否则,怕难免有些危机。即如我的说了这些话,其实就已经不大妥。

于是我退出花厅,却又遇见几个旧同事,闲谈了一回。知道还有"戊组",是发给已经死了的人的薪水的,这一组大概无须"亲领"。又知道这一回提出"亲领"律者,不但"他",也有"他们"在内。所谓"他们"者,粗粗一听,很像"索薪会"的头领们,但其实也不然,因为衙门里早就没有什么"索薪会",所以这一回当然是别一批新人物了。

我们这回"亲领"的薪水,是中华民国十三年二月份的。因此,事前就有了两种学说。一,即作为十三年二月的薪水发给。然而还有新来的和新近加俸的呢,可就不免有向隅之感。于是第二种新学说自然起来:不管先前,只作为本年六月份的薪水发给。不过这学说也不大妥,只是"不管先前"这一句,就很有些疵病。

这个办法,先前也早有人苦心经营过。去年章士钊将我免职之后,自以为在地位上已经给了一个打击,连有些文人学士们也喜得手舞足蹈。然而他们究竟是聪明人,看过"满床满桌满地"的德文书的,即刻又悟到我单是抛了官,还不至于一败涂地,因为我还可以得欠薪,在北京生活。于是他们的司长刘百昭便在部务会议席上提出,要不发欠薪,何月领来,便作为何月的薪水。这办法如果实行,我的受打击是颇大的,因为就受着经济的迫压。然而终于也没有通过。那致命伤,就在"不管先前"上;而刘百昭们又不肯自称革命党,主张不管什么,都从新来一回。

所以现在每一领到政费,所发的也还是先前的钱;即使有人今年不在北京了,十三年二月间却在,实在也有些难于说是现今不在,连那时的曾经在此也不算了。但是,既然又有新的学说起来,总得采纳一点,这采纳一点,也就是调和一些。因此,我们这回的收条上,年月是十三年二月的,钱的数目是十五年六月的。

这么一来,既然并非"不管先前",而新近升官或加俸的又可以多得一点钱,可谓比较的周到。于我是无益也无损,只要还在北京,拿得出"正身"来。

翻开我的简单日记一查,我今年已经收了四回俸钱了:第一次三元;第二次六元;第三次八十二元五角,即二成五,端午节的夜里收到的;第四次三成,九十九元,就是这一次。再算欠我的薪水,是大约还有九千二百四十元,七月份还不算。

我觉得已是一个精神上的财主;只可惜这"精神文明"是不很可靠的,刘百昭就来动摇过。将来遇见善于理财的人,怕还要设立一个"欠薪整理会",里面坐着几个人物,外面挂着一块招牌,使凡有欠薪的人们都到那里去接洽。几天或几月之后,人不见了,接着连招牌也不见了;于是精神上的财主就变了物质上的穷人了。

但现在却还的确收了九十九元,对于生活又较为放心,趁闲空来发一点议论再说。

七月二十一日。

忧"天乳"

《顺天时报》载北京辟才胡同女附中主任欧阳晓澜女士不许剪发之女生报考，致此等人多有望洋兴叹之概云云。是的，情形总要到如此，她不能别的了。但天足的女生尚可投考，我以为还有光明。不过也太嫌"新"一点。

男男女女，要吃这前世冤家的头发的苦，是只要看明末以来的陈迹便知道的。我在清末因为没有辫子，曾吃了许多苦，所以我不赞成女子剪发。北京的辫子，是奉了袁世凯的命令而剪的，但并非单纯的命令，后面大约还有刀。否则，恐怕现在满城还拖着。女子剪发也一样，总得有一个皇帝（或者别的名称也可以），下令大家都剪才行。自然，虽然如此，有许多还是不高兴的，但不敢不剪。一年半载，也就忘其所以了；两年以后，便可以到大家以为女人不该有长头发的世界。这时长发女生，即有"望洋兴叹"之忧。倘只一部分人说些理由，想改变一点，那是历来没有成功过。

但现在的有力者，也有主张女子剪发的，可惜据地不坚。同是一处地方，甲来乙走，丙来甲走，甲要短，丙要长，长者剪，短了杀。这几年似乎是青年遭劫时期，尤其是女性。报载有一处是鼓吹剪发的，后来别一军攻入了，遇到剪发女子，即慢慢拔去头发，还割去两乳……。这一种刑罚，可以证明男子短发，已为全国所公认。只是女人不准学。去其两乳，即所以使其更像男子而警其妄学男子也。以此例之，欧阳晓澜女士盖尚非甚严欤？

今年广州在禁女学生束胸，违者罚洋五十元。报章称之曰"天乳运动"。有人以不得樊增祥作命令为憾。公文上不见"鸡头肉"等字样，盖殊不足以餍文人学士之心。此外是报上的俏皮文章，滑稽议论。我想，如此而已，而已终古。

我曾经也有过"杞天之虑"，以为将来中国的学生出身的女性，恐怕要失去哺乳的能力，家家须雇乳娘。

但仅只攻击束胸是无效的。第一,要改良社会思想,对于乳房较为大方;第二,要改良衣装,将上衣系进裙里去。旗袍和中国的短衣,都不适于乳的解放,因为其时即胸部以下掀起,不便,也不好看的。

还有一个大问题,是会不会乳大忽而算作犯罪,无处投考？我们中国在中华民国未成立以前,是只有"不齿于四民之列"者,才不准考试的。据理而言,女子断发既以失男女之别,有罪,则天乳更以加男女之别,当有功。但天下有许多事情,是全不能以口舌争的。总要上谕,或者指挥刀。

否则,已经有了"短发犯"了,此外还要增加"天乳犯",或者也许还有"天足犯"。呜呼,女性身上的花样也特别多,而人生亦从此多苦矣。

我们如果不谈什么革新,进化之类,而专为安全着想,我以为女学生的身体最好是长发,束胸,半放脚（缠过而又放之,一名文明脚）。因为我从北而南,所经过的地方,招牌旗帜,尽管不同,而对于这样的女人,却从不闻有一处仇视她的。

九月四日。

新时代的放债法

还有一种新的"世故"。

先前,我总以为做债主的人是一定要有钱的,近来才知道无须。在"新时代"里,有一种精神的资本家。

你倘说中国像沙漠罢,这资本家便乘机而至了,自称是喷泉。你说社会冷酷罢,他便自说是热;你说周围黑暗罢,他便自说是太阳。

阿!世界上冠冕堂皇的招牌,都被拿去了。岂但拿去而已哉。他还润泽,温暖,照临了你。因为他是喷泉,热,太阳呵!

这是一宗恩典。

不但此也哩。你如有一点产业,那是他赏赐你的。为什么呢?因为倘若他一提倡共产,你的产业便要充公了,但他没有提倡,所以你能有现在的产业。

那自然是他赏赐你的。

你如有一个爱人,也是他赏赐你的。为什么呢?因为他是天才而且革命家,许多女性都渴仰到五体投地。他只要说一声"来!"便都飞奔过去了,你的当然也在内。但他不说"来!"所以你得有现在的爱人。那自然也是他赏赐你的。

这又是一宗恩典。

还不但此也哩!他到你那里来的时候,还每回带来一担同情!一百回就是一百担——你如果不知道,那就因为你没有精神的眼睛——经过一年,利上加利,就是二三百担……

阿阿!这又是一宗大恩典。

于是乎是算账了。不得了,这么雄厚的资本,还不够买一个灵魂么?但革命家是客气的,无非要你报答一点,供其使用——其实也不算使用,不过是"帮忙"而已。

倘不如命地"帮忙",当然,罪大恶极了。先将忘恩负义之罪,布告于天下。而且不但此也,还有许多罪恶,写在账簿上哩,一旦发布,你便要"身败名裂"了。想不"身败名裂"么,只有一条路,就是赶快来"帮忙"以赎罪。

然而我不幸竟看见了"新时代的新青年"的身边藏着这许多账簿,而他们自己对于"身败名裂"又怀着这样天大的恐慌。

于是乎又得新"世故":关上门,塞好酒瓶,捏紧皮夹。这倒于我很保存了一些润泽,光和热——我是只看见物质的。

九,十四。

小杂感

蜜蜂的刺,一用即丧失了它自己的生命;犬儒的刺,一用则苟延了他自己的生命。

他们就是如此不同。

约翰穆勒说:专制使人们变成冷嘲。

而他竟不知道共和使人们变成沉默。

要上战场,莫如做军医;要革命,莫如走后方;要杀人,莫如做刽子手。既英雄,又稳当。

与名流学者谈,对于他之所讲,当装作偶有不懂之处。太不懂被看轻,太懂了被厌恶。偶有不懂之处,彼此最为合宜。

世间大抵只知道指挥刀所以指挥武士,而不想到也可以指挥文人。

又是演讲录,又是演讲录。

但可惜都没有讲明他何以和先前大两样了；也没有讲明他演讲时,自己是否真相信自己的话。

阔的聪明人种种譬如昨日死。

不阔的傻子种种实在昨日死。

曾经阔气的要复古,正在阔气的要保持现状,未曾阔气的要革新。

大抵如是。大抵！

他们之所谓复古,是回到他们所记得的若干年前,并非虞夏商周。

女人的天性中有母性,有女儿性；无妻性。

妻性是逼成的,只是母性和女儿性的混合。

防被欺。

自称盗贼的无须防,得其反倒是好人；自称正人君子的必须防,得其反则是盗贼。

楼下一个男人病得要死,那间壁的一家唱着留声机；对面是弄孩子。楼上有两人狂笑；还有打牌声。河中的船上有女人哭着她死去的母亲。

人类的悲欢并不相通,我只觉得他们吵闹。

每一个破衣服人走过,叭儿狗就叫起来,其实并非都是狗主人的意旨或使嗾。

叭儿狗往往比它的主人更严厉。

恐怕有一天总要不准穿破布衫,否则便是共产党。

革命,反革命,不革命。

革命的被杀于反革命的。反革命的被杀于革命的。不革命的或当作革命的而被杀于反革命的,或当作反革命的而被杀于革命的,或并不当作什么而被杀于革命的或反革命的。

革命,革革命,革革革命,革革……。

人感到寂寞时,会创作;一感到干净时,即无创作,他已经一无所爱。

创作总根于爱。

杨朱无书。

创作虽说抒写自己的心,但总愿意有人看。

创作是有社会性的。

但有时只要有一个人看便满足:好友,爱人。

人往往憎和尚,憎尼姑,憎回教徒,憎耶教徒,而不憎道士。

懂得此理者,懂得中国大半。

要自杀的人,也会怕大海的汪洋,怕夏天死尸的易烂。

但遇到澄静的清池,凉爽的秋夜,他往往也自杀了。

凡为当局所"诛"者皆有"罪"。

刘邦除秦苛暴,"与父老约,法三章耳。"

而后来仍有族诛,仍禁挟书,还是秦法。

法三章者,话一句耳。

一见短袖子,立刻想到白臂膊,立刻想到全裸体,立刻想到生殖器,立刻想到性交,立刻想到杂交,立刻想到私生子。

中国人的想像惟在这一层能够如此跃进。

九月二十四日。

看司徒乔君的画

我知道司徒乔君的姓名还在四五年前,那时是在北京,知道他不管功课,不寻导师,以他自己的力,终日在画古庙,土山,破屋,穷人,乞丐……。

这些自然应该最会打动南来的游子的心。在黄埃漫天的人间,一切都成土色,人于是和天然争斗,深红和绀碧的栋宇,白石的栏干,金的佛像,肥厚的棉袄,紫糖色脸,深而多的脸上的皱纹……。凡这些,都在表示人们对于天然并不降服,还在争斗。

在北京的展览会里,我已经见过作者表示了中国人的这样的对于天然的倔强的魂灵。我曾经得到他的一幅"四个警察和一个女人"。现在还记得一幅"耶稣基督",有一个女性的口,在他荆冠上接吻。

这回在上海相见,我便提出质问:

"那女性是谁?"

"天使,"他回答说。

这回答不能使我满足。

因为这回我发见了作者对于北方的景物——人们和天然苦斗而成的景物——又加以争斗,他有时将他自己所固有的明丽,照破黄埃。至少,是使我觉得有"欢喜"(Joy)的萌芽,如胁下的矛伤,尽管流血,而荆冠上却有天使——照他自己所说——的嘴唇。无论如何,这是胜利。

后来所作的爽朗的江浙风景,热烈的广东风景,倒是作者的本色。和北方风景相对照,可以知道他挥写之际,盖谙熟而高兴,如逢久别的故人。但我却爱看黄埃,因为由此可见这抱着明丽之心的作者,怎样为人和天然的苦斗的古战场所惊,而自己也参加了战斗。

中国全土必须沟通。倘将来不至于割据,则青年的背着历史而竭力拂去黄埃的中国彩色,我想,首先是这样的。

一九二八年三月十四日夜,于上海。

书籍和财色

今年在上海所见,专以小孩子为对手的糖担,十有九带了赌博性了,用一个铜元,经一种手续,可有得到一个铜元以上的糖的希望。但专以学生为对手的书店,所给的希望却更其大,更其多——因为那对手是学生的缘故。

书籍用实价,废去"码洋"的陋习,是始于北京的新潮社——北新书局的,后来上海也多仿行,盖那时改革潮流正盛,以为买卖两方面,都是志在改进的人(书店之以介绍文化者自居,至今还时见于广告上),正不必先定虚价,再打折扣,玩些互相欺骗的把戏。然而将麻雀牌送给世界,且以此自豪的人民,对于这样简捷了当,没有意外之利的办法,是终于耐不下去的。于是老病出现了,先是小试其技:送画片。继而打折扣,自九折以至对折,但自然又不是旧法,因为总有一个定期和原因,或者因为学校开学,或者因为本店开张一年半的纪念之类。花色一点的还有赠丝袜,请吃冰淇淋,附送一只锦盒,内藏十件宝贝,价值不赀。更加见得切实,然而确是惊人的,是定一年报或买几本书,便有得到"劝学奖金"一百元或"留学经费"二千元的希望。洋场上的"轮盘赌",付给赢家的钱,最多也不过每一元付了三十六元,真不如买书,那"希望"之大,远甚远甚。

我们的古人有言,"书中自有黄金屋",现在渐在实现了。但后一句,"书中自有颜如玉"呢?

日报所附送的画报上,不知为了什么缘故而登载的什么"女校高材生"和什么"女士在树下读书"的照相之类,且作别论,则买书一元,赠送裸体画片的勾当,是应该举为带着"颜如玉"气味的一例的了。在医学上,"妇人科"虽然设有专科,但在文艺上,"女作家"分为一类却未免滥用了体质的差别,令人觉得有些特别的。但最露骨的是张竞生博士所开的"美的书店",曾经对面呆站着两个年青脸白的女店员,给买主可以问她"《第三种水》出了没有?"等类,一举两得,有玉有书。可惜"美的书店"竟遭禁止。张博士也改弦易辙,去译《卢骚忏悔录》,此道遂有中衰之叹了。

书籍的销路如果再消沉下去,我想,最好是用女店员卖女作家的作品及照片,仍然抽彩,给买主又有得到"劝学","留学"的款子的希望。

唐朝的钉梢

上海的摩登少爷要勾搭摩登小姐,首先第一步,是追随不舍,术语谓之"钉梢"。"钉"者,坚附而不可拔也,"梢"者,末也,后也,译成文言,大约可以说是"追蹑"。据钉梢专家说,那第二步便是"扳谈";即使骂,也就大有希望,因为一骂便可有言语来往,所以也就是"扳谈"的开头。我一向以为这是现在的洋场上才有的,今看《花间集》,乃知道唐朝就已经有了这样的事,那里面有张泌的《浣溪纱》调十首,其九云:

晚逐香车入凤城,东风斜揭绣帘轻,慢回娇眼笑盈盈。　消息未通何计是,便须佯醉且随行,依稀闻道"太狂生"。

这分明和现代的钉梢法是一致的。倘要译成白话诗,大概可以是这样:

> 夜赶洋车路上飞,
> 东风吹起印度绸衫子,显出腿儿肥,
> 乱丢俏眼笑迷迷。
> 难以扳谈有什么法子呢?
> 只能带着油腔滑调且钉梢,
> 好像听得骂道"杀千刀!"

但恐怕在古书上,更早的也还能够发见,我极希望博学者见教,因为这是对于研究"钉梢史"的人,极有用处的。

电的利弊

日本幕府时代，曾大杀基督教徒，刑罚很凶，但不准发表，世无知者。到近几年，乃出版当时的文献不少。曾见《切利支丹殉教记》，其中记有拷问教徒的情形，或牵到温泉旁边，用热汤浇身；或周围生火，慢慢的烤炙，这本是"火刑"，但主管者却将火移远，改死刑为虐杀了。

中国还有更残酷的。唐人说部中曾有记载，一县官拷问犯人，四周用火遥焙，口渴，就给他喝酱醋，这是比日本更进一步的办法。现在官厅拷问嫌疑犯，有用辣椒煎汁灌入鼻孔去的，似乎就是唐朝遗下的方法，或则是古今英雄，所见略同。曾见一个囚在反省院里的青年的信，说先前身受此刑，苦痛不堪，辣汁流入肺脏及心，已成不治之症，即释放亦不免于死云云。

此人是陆军学生,不明内脏构造,其实倒挂灌鼻,可以由气管流入肺中,引起致死之病,却不能进入心中,大约当时因在苦楚中,知觉瞀乱,遂疑为已到心脏了。

但现在之所谓文明人所造的刑具,残酷又超出于此种方法万万。上海有电刑,一上,即遍身痛楚欲裂,遂昏去,少顷又醒,则又受刑。闻曾有连受七八次者,即幸而免死,亦从此牙齿皆摇动,神经亦变钝,不能复原。前年纪念爱迪生,许多人赞颂电报电话之有利于人,却没有想到同是一电,而有人得到这样的大害,福人用电气疗病,美容,而被压迫者却以此受苦,丧命也。

外国用火药制造子弹御敌,中国却用它做爆竹敬神;外国用罗盘针航海,中国却用它看风水;外国用雅片医病,中国却拿来当饭吃。同是一种东西,而中外用法之不同有如此,盖不但电气而已。

一月三十一日。

文摊秘诀十条

一,须竭力巴结书坊老板,受得住气。

二,须多谈胡适之之流,但上面应加"我的朋友"四字,但仍须讥笑他几句。

三,须设法办一份小报或期刊,竭力将自己的作品登在第一篇,目录用二号字。

四,须设法将自己的照片登载杂志上,但片上须看见玻璃书箱一排,里面都是洋装书,而自己则作伏案看书,或默想之状。

五,须设法证明墨翟是一只黑野鸡,或杨朱是澳洲人,并且出一本"专号"。

六,须编《世界文学家辞典》一部,将自己和老婆儿子,悉数详细编入。

七,须取《史记》或《汉书》中文章一二篇,略改字句,用自己的名字出版,同时又编《世界史学家辞典》一部,办法同上。

八,须常常透露目空一切的口气。

九,须常常透露游欧或游美的消息。

十,倘有人作文攻击,可说明此人曾来投稿,不予登载,所以挟嫌报复。

夜颂

爱夜的人,也不但是孤独者,有闲者,不能战斗者,怕光明者。

人的言行,在白天和在深夜,在日下和在灯前,常常显得两样。夜是造化所织的幽玄的天衣,普覆一切人,使他们温暖,安心,不知不觉的自己渐渐脱去人造的面具和衣裳,赤条条地裹在这无边际的黑絮似的大块里。

虽然是夜,但也有明暗。有微明,有昏暗,有伸手不见掌,有漆黑一团糟。爱夜的人要有听夜的耳朵和看夜的眼睛,自在暗中,看一切暗。君子们从电灯下走入暗室中,伸开了他的懒腰;爱侣们从月光下走进树阴里,突变了他的眼色。夜的降临,抹杀了一切文人学士们当光天化日之下,写在耀眼的白纸上的超然,混然,恍然,勃然,粲然的文章,只剩下乞怜,讨好,撒谎,骗人,吹牛，捣鬼的夜气，形成一个灿烂的金色的光圈，像见于佛画上面似的，笼罩在学识不凡的头脑上。

爱夜的人于是领受了夜所给与的光明。

高跟鞋的摩登女郎在马路边的电光灯下，阁阁的走得很起劲，但鼻尖也闪烁着一点油汗，在证明她是初学的时髦，假如长在明晃晃的照耀中，将使她碰着"没落"的命运。一大排关着的店铺的昏暗助她一臂之力，使她放缓开足的马力，吐一口气，这时才觉得沁人心脾的夜里的拂拂的凉风。

爱夜的人和摩登女郎，于是同时领受了夜所给与的恩惠。

一夜已尽，人们又小心翼翼的起来，出来了；便是夫妇们，面目和五六点钟之前也何其两样。从此就是热闹，喧嚣。而高墙后面，大厦中间，深闺里，黑狱里，客室里，秘密机关里，却依然弥漫着惊人的真的大黑暗。

现在的光天化日，熙来攘往，就是这黑暗的装饰，是人肉酱缸上的金盖，是鬼脸上的雪花膏。只有夜还算是诚实的。我爱夜，在夜间作《夜颂》。

六月八日。

二丑艺术

浙东的有一处的戏班中,有一种脚色叫作"二花脸",译得雅一点,那么,"二丑"就是。他和小丑的不同,是不扮横行无忌的花花公子,也不扮一味仗势的宰相家丁,他所扮演的是保护公子的拳师,或是趋奉公子的清客。总之:身分比小丑高,而性格却比小丑坏。

义仆是老生扮的,先以谏诤,终以殉主;恶仆是小丑扮的,只会作恶,到底灭亡。而二丑的本领却不同,他有点上等人模样,也懂些琴棋书画,也来得行令猜谜,但倚靠的是权门,凌蔑的是百姓,有谁被压迫了,他就来冷笑几声,畅快一下,有谁被陷害了,他又去吓唬一下,吆喝几声。不过他的态度又并不常常如此的,大抵一面又回过脸来,向台下的看客指出他公子的缺点,摇着头装起鬼脸道:你看这家伙,这回可要倒楣哩!

这最末的一手,是二丑的特色。因为他没有义仆的愚笨,也没有恶仆的简单,他是智识阶级。他明知道自己所靠的是冰山,一定不能长久,他将来还要到别家帮闲,所以当受着豢养,分着余炎的时候,也得装着和这贵公子并非一伙。

二丑们编出来的戏本上,当然没有这一种脚色的,他那里肯;小丑,即花花公子们编出来的戏本,也不会有,因为他们只看见一面,想不到的。这二花脸,乃是小百姓看透了这一种人,提出精华来,制定了的脚色。

世间只要有权门,一定有恶势力,有恶势力,就一定有二花脸,而且有二花脸艺术。我们只要取一种刊物,看他一个星期,就会发见他忽而怨恨春天,忽而颂扬战争,忽而译萧伯纳演说,忽而讲婚姻问题;但其间一定有时要慷慨激昂的表示对于国事的不满:这就是用出末一手来了。

这最末的一手,一面也在遮掩他并不是帮闲,然而小百姓是明白的,早已使他的类型在戏台上出现了。

六月十五日。

谈蝙蝠

人们对于夜里出来的动物,总不免有些讨厌他,大约因为他偏不睡觉,和自己的习惯不同,而且在昏夜的沉睡或"微行"中,怕他会窥见什么秘密罢。

蝙蝠虽然也是夜飞的动物,但在中国的名誉却还算好的。这也并非因为他吞食蚊虻,于人们有益,大半倒在他的名目,和"福"字同音。以这么一副尊容而能写入画图,实在就靠着名字起得好。还有,是中国人本来愿意自己能飞的,也设想过别的东西都能飞。道士要羽化,皇帝想飞升,有情的愿作比翼鸟儿,受苦的恨不得插翅飞去。想到老虎添翼,便毛骨耸然,然而青蚨飞来,则眉眼莞尔。至于墨子的飞鸢终于失传,飞机非募款到外国去购买不可,则是因为太重了精神文明的缘故,势所必至,理有固然,毫不足怪的。

但虽然不能够做，却能够想，所以见了老鼠似的东西生着翅子，倒也并不诧异，有名的文人还要收为诗料，诌出什么"黄昏到寺蝙蝠飞"那样的佳句来。

西洋人可就没有这么高情雅量，他们不喜欢蝙蝠。推源祸始，我想，恐怕是应该归罪于伊索的。他的寓言里，说过鸟兽各开大会，蝙蝠到兽类里去，因为他有翅子，兽类不收，到鸟类里去，又因为他是四足，鸟类不纳，弄得他毫无立场，于是大家就讨厌这作为骑墙的象征的蝙蝠了。

中国近来拾一点洋古典，有时也奚落起蝙蝠来。但这种寓言，出于伊索，是可喜的，因为他的时代，动物学还幼稚得很。现在可不同了，鲸鱼属于什么类，蝙蝠属于什么类，就是小学生也都知道得清清楚楚。倘若还拾一些希腊古典，来作正经话讲，那就只足表示他的知识，还和伊索时候，各开大会的两类绅士淑女们相同。

大学教授梁实秋先生以为橡皮鞋是草鞋和皮鞋之间的东西，那知识也相仿，假使他生在希腊，位置是说不定会在伊索之下的，现在真可惜得很，生得太晚一点了。

六月十六日。

"吃白相饭"

要将上海的所谓"白相",改作普通话,只好是"玩耍";至于"吃白相饭",那恐怕还是用文言译作"不务正业,游荡为生",对于外乡人可以比较的明白些。

游荡可以为生,是很奇怪的。然而在上海问一个男人,或向一个女人问她的丈夫的职业的时候,有时会遇到极直截的回答道:"吃白相饭的。"

听的也并不觉得奇怪,如同听到了说"教书","做工"一样。倘说是"没有什么职业",他倒会有些不放心了。

"吃白相饭"在上海是这么一种光明正大的职业。

我们在上海的报章上所看见的,几乎常是这些人物的功绩;没有他们,本埠新闻是决不会热闹的。但功绩虽多,归纳起来也不过是三段,只因为未必全用在一件事情上,所以看起来好像五花八门了。

第一段是欺骗。见贪人就用利诱,见孤愤的就装同情,见倒霉的则装慷慨,但见慷慨的却又会装悲苦,结果是席卷了对手的东西。

第二段是威压。如果欺骗无效,或者被人看穿了,就脸孔一翻,化为威吓,或者说人无礼,或者诬人不端,或者赖人欠钱,或者并不说什么缘故,而这也谓之"讲道理",结果还是席卷了对手的东西。

第三段是溜走。用了上面的一段或兼用了两段而成功了,就一溜烟走掉,再也寻不出踪迹来。失败了,也是一溜烟走掉,再也寻不出踪迹来。事情闹得大一点,则离开本埠,避过了风头再出现。

有这样的职业,明明白白,然而人们是不以为奇的。

"白相"可以吃饭,劳动的自然就要饿肚,明明白白,然而人们也不以为奇。

但"吃白相饭"朋友倒自有其可敬的地方,因为他还直直落落的告诉人们说,"吃白相饭的"!

六月二十六日。

经验

古人所传授下来的经验,有些实在是极可宝贵的,因为它曾经费去许多牺牲,而留给后人很大的益处。

偶然翻翻《本草纲目》,不禁想起了这一点。这一部书,是很普通的书,但里面却含有丰富的宝藏。自然,捕风捉影的记载,也是在所不免的,然而大部分的药品的功用,却由历久的经验,这才能够知道到这程度,而尤其惊人的是关于毒药的叙述。我们一向喜欢恭维古圣人,以为药物是由一个神农皇帝独自尝出来的,他曾经一天遇到过七十二毒,但都有解法,没有毒死。这种传说,现在不能主宰人心了。人们大抵已经知道一切文物,都是历来的无名氏所逐渐的造成。建筑,烹饪,渔猎,耕种,无不如此;医药也如此。这么一想，这事情可就大起来了：大约古人一有病，最初只好这样尝一点，那样尝一点，吃了毒的就死，吃了不相干的就无效，有的竟吃到了对证的就好起来，于是知道这是对于某一种病痛的药。这样地累积下去，乃有草创的纪录，后来渐成为庞大的书，如《本草纲目》就是。而且这书中的所记，又不独是中国的，还有阿剌伯人的经验，有印度人的经验，则先前所用的牺牲之大，更可想而知了。

然而也有经过许多人经验之后，倒给了后人坏影响的，如俗语说"各人自扫门前雪，莫管他家瓦上霜"的便是其一。救急扶伤，一不小心，向来就很容易被人所诬陷，而还有一种坏经验的结果的歌诀，是"衙门八字开，有理无钱莫进来"，于是人们就只要事不干己，还是远远的站开干净。我想，人们在社会里，当初是并不这样彼此漠不相关的，但因豺狼当道，事实上因此出过许多牺牲，后来就自然的都走到这条道路上去了。所以，在中国，尤其是在都市里，倘使路上有暴病倒地，或翻车摔伤的人，路人围观或甚至于高兴的人尽有，肯伸手来扶助一下的人却是极少的。这便是牺牲所换来的坏处。

总之，经验的所得的结果无论好坏，都要很大的牺牲，虽是小事情，也免不掉要付惊人的代价。例如近来有些看报的人，对于什么宣言，通电，讲演，谈话之类，无论它怎样骈四俪六，崇论宏议，也不去注意了，甚而还至于不但不注意，看了倒不过做做嘻笑的资料。这那里有"始制文字，乃服衣裳"一样重要呢，然而这一点点结果，却是牺牲了一大片地面，和许多人的生命财产换来的。生命，那当然是别人的生命，倘是自己，就得不着这经验了。所以一切经验，是只有活人才能有的，我的决不上别人讥剌我怕死，就去自杀或拼命的当，而必须写出这一点来，就为此。而且这也是小小的经验的结果。

六月十二日。

谚语

粗略的一想,谚语固然好像一时代一国民的意思的结晶,但其实,却不过是一部分的人们的意思。现在就以"各人自扫门前雪,莫管他家瓦上霜"来做例子罢,这乃是被压迫者们的格言,教人要奉公,纳税,输捐,安分,不可怠慢,不可不平,尤其是不要管闲事;而压迫者是不算在内的。

专制者的反面就是奴才,有权时无所不为,失势时即奴性十足。孙皓是特等的暴君,但降晋之后,简直像一个帮闲;宋徽宗在位时,不可一世,而被掳后偏会含垢忍辱。做主子时以一切别人为奴才,则有了主子,一定以奴才自命:这是天经地义,无可动摇的。

所以被压制时,信奉着"各人自扫门前雪,莫管他家瓦上霜"的格言的人物,一旦得势,足以凌人的时候,他的行为就截然不同,变为"各人不扫门前雪,却管他家瓦上霜"了。

二十年来,我们常常看见:武将原是练兵打仗的,且不问他这兵是用以安内或攘外,总之他的"门前雪"是治军,然而他偏来干涉教育,主持道德;教育家原是办学的,无论他成绩如何,总之他的"门前雪"是学务,然而他偏去膜拜"活佛",绍介国医。小百姓随军充伕,童子军沿门募款。头儿胡行于上,蚁民乱碰于下,结果是各人的门前都不成样,各家的瓦上也一团糟。

女人露出了臂膊和小腿,好像竟打动了贤人们的心,我记得曾有许多人絮絮叨叨,主张禁止过,后来也确有明文禁止了。不料到得今年,却又"衣服蔽体已足,何必前拖后曳,消耗布匹,……顾念时艰,后患何堪设想"起来,四川的营山县长于是就令公安局派队一一剪掉行人的长衣的下截。长衣原是累赘的东西,但以为不穿长衣,或剪去下截,即于"时艰"有补,却是一种特别的经济学。《汉书》上有一句云,"口含天宪",此之谓也。

某一种人,一定只有这某一种人的思想和眼光,不能越出他本阶级之外。说起来,好像又在提倡什么犯讳的阶级了，然而事实是如此的。谣谚并非全国民的意思，就为了这缘故。古之秀才，自以为无所不晓，于是有"秀才不出门，而知天下事"这自负的漫天大谎，小百姓信以为真，也就渐渐的成了谚语，流行开来。其实是"秀才虽出门，不知天下事"的。秀才只有秀才头脑和秀才眼睛，对于天下事，那里看得分明，想得清楚。清末，因为想"维新"，常派些"人才"出洋去考察，我们现在看看他们的笔记罢，他们最以为奇的是什么馆里的蜡人能够和活人对面下棋。南海圣人康有为，佼佼者也，他周游十一国，一直到得巴尔干，这才悟出外国之所以常有"弑君"之故来了，曰：因为宫墙太矮的缘故。

六月十三日。

秋夜纪游

秋已经来了，炎热也不比夏天小，当电灯替代了太阳的时候，我还是在马路上漫游。

危险？危险令人紧张，紧张令人觉到自己生命的力。在危险中漫游，是很好的。

租界也还有悠闲的处所，是住宅区。但中等华人的窟穴却是炎热的，吃食担，胡琴，麻将，留声机，垃圾桶，光着的身子和腿。相宜的是高等华人或无等洋人住处的门外，宽大的马路，碧绿的树，淡色的窗幔，凉风，月光，然而也有狗子叫。

我生长农村中，爱听狗子叫，深夜远吠，闻之神怡，古人之所谓"犬声如豹"者就是。倘或偶经生疏的村外，一声狂噑，巨獒跃出，也给人一种紧张，如临战斗，非常有趣的。

但可惜在这里听到的是吧儿狗。它躲躲闪闪,叫得很脆:汪汪!

我不爱听这一种叫。

我一面漫步,一面发出冷笑,因为我明白了使它闭口的方法,是只要去和它主子的管门人说几句话,或者抛给它一根肉骨头。这两件我还能的,但是我不做。

它常常要汪汪。

我不爱听这一种叫。

我一面漫步,一面发出恶笑了,因为我手里拿着一粒石子,恶笑刚敛,就举手一掷,正中了它的鼻梁。

呜的一声,它不见了。我漫步着,漫步着,在少有的寂寞里。

秋已经来了,我还是漫步着。叫呢,也还是有的,然而更加躲躲闪闪了,声音也和先前不同,距离也隔得远了,连鼻子都看不见。

我不再冷笑,不再恶笑了,我漫步着,一面舒服的听着它那很脆的声音。

八月十四日。

"揩油"

"揩油",是说明着奴才的品行全部的。

这不是"取回扣"或"取佣钱",因为这是一种秘密;但也不是偷窃,因为在原则上,所取的实在是微乎其微。因此也不能说是"分肥";至多,或者可以谓之"舞弊"罢。然而这又是光明正大的"舞弊",因为所取的是豪家,富翁,阔人,洋商的东西,而且所取又不过一点点,恰如从油水汪汪的处所,揩了一下,于人无损,于揩者却有益的,并且也不失为损富济贫的正道。设法向妇女调笑几句,或乘机摸一下,也谓之"揩油",这虽然不及对于金钱的名正言顺,但无大损于被揩者则一也。

表现得最分明的是电车上的卖票人。纯熟之后,他一面留心着可揩的客人,一面留心着突来的查票,眼光都练得像老鼠和老鹰的混合物一样。付钱而不给票,客人本该索取的,然而很难索取,也很少见有人索取，因为他所揩的是洋商的油，同是中国人，当然有帮忙的义务，一索取，就变成帮助洋商了。这时候，不但卖票人要报你憎恶的眼光，连同车的客人也往往不免显出以为你不识时务的脸色。

然而彼一时，此一时，如果三等客中有时偶缺一个铜元，你却只好在目的地以前下车，这时他就不肯通融，变成洋商的忠仆了。

在上海，如果同巡捕，门丁，西崽之类闲谈起来，他们大抵是憎恶洋鬼子的，他们多是爱国主义者。然而他们也像洋鬼子一样，看不起中国人，棍棒和拳头和轻蔑的眼光，专注在中国人的身上。

"揩油"的生活有福了。这手段将更加展开，这品格将变成高尚，这行为将认为正当，这将算是国民的本领，和对于帝国主义的复仇。打开天窗说亮话，其实，所谓"高等华人"也者，也何尝逃得出这模子。

但是，也如"吃白相饭"朋友那样，卖票人是还有他的道德的。倘被查票人查出他收钱而不给票来了，他就默然认罚，决不说没有收过钱，将罪案推到客人身上去。

八月十四日。

上海的少女

在上海生活,穿时髦衣服的比土气的便宜。如果一身旧衣服,公共电车的车掌会不照你的话停车,公园看守会格外认真的检查入门券,大宅子或大客寓的门丁会不许你走正门。所以,有些人宁可居斗室,喂臭虫,一条洋服裤子却每晚必须压在枕头下,使两面裤腿上的折痕天天有棱角。

然而更便宜的是时髦的女人。这在商店里最看得出:挑选不完,决断不下,店员也还是很能忍耐的。不过时间太长,就须有一种必要的条件,是带着一点风骚,能受几句调笑。否则,也会终于引出普通的白眼来。

惯在上海生活了的女性,早已分明地自觉着这种自己所具的光荣,同时也明白着这种光荣中所含的危险。所以凡有时髦女子所表现的神气，是在招摇，也在固守，在罗致，也在抵御，像一切异性的亲人，也像一切异性的敌人，她在喜欢，也正在恼怒。这神气也传染了未成年的少女，我们有时会看见她们在店铺里购买东西，侧着头，佯嗔薄怒，如临大敌。自然，店员们是能像对于成年的女性一样，加以调笑的，而她也早明白着这调笑的意义。总之：她们大抵早熟了。

然而我们在日报上，确也常常看见诱拐女孩，甚而至于凌辱少女的新闻。

不但是《西游记》里的魔王，吃人的时候必须童男和童女而已，在人类中的富户豪家，也一向以童女为侍奉，纵欲，鸣高，寻仙，采补的材料，恰如食品的餍足了普通的肥甘，就想乳猪芽茶一样。现在这现象并且已经见于商人和工人里面了，但这乃是人们的生活不能顺遂的结果，应该以饥民的掘食草根树皮为比例，和富户豪家的纵恣的变态是不可同日而语的。

但是，要而言之，中国是连少女也进了险境了。

这险境，更使她们早熟起来，精神已是成人，肢体却还是孩子。俄国的作家梭罗古勃曾经写过这一种类型的少女,说是还是小孩子,而眼睛却已经长大了。然而我们中国的作家是另有一种称赞的写法的:所谓"娇小玲珑"者就是。

八月十二日。

上海的儿童

上海越界筑路的北四川路一带，因为打仗，去年冷落了大半年，今年依然热闹了，店铺从法租界搬回，电影院早经开始，公园左近也常见携手同行的爱侣，这是去年夏天所没有的。

倘若走进住家的弄堂里去，就看见便溺器，吃食担，苍蝇成群的在飞，孩子成队的在闹，有剧烈的捣乱，有发达的骂詈，真是一个乱烘烘的小世界。但一到大路上，映进眼帘来的却只是轩昂活泼地玩着走着的外国孩子，中国的儿童几乎看不见了。但也并非没有，只因为衣裤郎当，精神萎靡，被别人压得像影子一样，不能醒目了。

中国中流的家庭，教孩子大抵只有两种法。其一，是任其跋扈，一点也不管，骂人固可，打人亦无不可,在门内或门前是暴主,是霸王,但到外面,便如失了网的蜘蛛一般,立刻毫无能力。其二,是终日给以冷遇或呵斥,甚而至于打扑,使他畏葸退缩,仿佛一个奴才,一个傀儡,然而父母却美其名曰"听话",自以为是教育的成功,待到放他到外面来,则如暂出樊笼的小禽,他决不会飞鸣,也不会跳跃。

现在总算中国也有印给儿童看的画本了,其中的主角自然是儿童,然而画中人物,大抵倘不是带着横暴冥顽的气味,甚而至于流氓模样的,过度的恶作剧的顽童,就是钩头耸背,低眉顺眼,一副死板板的脸相的所谓"好孩子"。这虽然由于画家本领的欠缺,但也是取儿童为范本的,而从此又以作供给儿童仿效的范本。我们试一看别国的儿童画罢,英国沉着,德国粗豪,俄国雄厚,法国漂亮,日本聪明,都没有一点中国似的衰惫的气象。观民风是不但可以由诗文,也可以由图画,而且可以由不为人们所重的儿童画的。

顽劣,钝滞,都足以使人没落,灭亡。童年的情形,便是将来的命运。我们的新人物,讲恋爱,讲小家庭,讲自立,讲享乐了,但很少有人为儿女提出家庭教育的问题,学校教育的问题,社会改革的问题。先前的人,只知道"为儿孙作马牛",固然是错误的,但只顾现在,不想将来,"任儿孙作马牛",却不能不说是一个更大的错误。

八月十二日。

喝茶

某公司又在廉价了,去买了二两好茶叶,每两洋二角。开首泡了一壶,怕它冷得快,用棉袄包起来,却不料郑重其事的来喝的时候,味道竟和我一向喝着的粗茶差不多,颜色也很重浊。

我知道这是自己错误了,喝好茶,是要用盖碗的,于是用盖碗。果然,泡了之后,色清而味甘,微香而小苦,确是好茶叶。但这是须在静坐无为的时候的,当我正写着《吃教》的中途,拉来一喝,那好味道竟又不知不觉的滑过去,像喝着粗茶一样了。

有好茶喝,会喝好茶,是一种"清福"。不过要享这"清福",首先就须有工夫,其次是练习出来的特别的感觉。由这一极琐屑的经验,我想,假使是一个使用筋力的工人,在喉干欲裂的时候,那么,即使给他龙井芽茶,珠兰窨片,恐怕他喝起来也未必觉得和热水有什么大区别罢。所谓"秋思",其实也是这样的,骚人墨客,会觉得什么"悲哉秋之为气也",风雨阴晴,都给他一种刺戟,一方面也就是一种"清福",但在老农,却只知道每年的此际,就要割稻而已。

于是有人以为这种细腻锐敏的感觉,当然不属于粗人,这是上等人的牌号。然而我恐怕也正是这牌号就要倒闭的先声。我们有痛觉,一方面是使我们受苦的,而一方面也使我们能够自卫。假如没有,则即使背上被人刺了一尖刀,也将茫无知觉,直到血尽倒地,自己还不明白为什么倒地。但这痛觉如果细腻锐敏起来呢,则不但衣服上有一根小刺就觉得,连衣服上的接缝,线结,布毛都要觉得,倘不穿"无缝天衣",他便要终日如芒刺在身,活不下去了。但假装锐敏的,自然不在此例。

感觉的细腻和锐敏,较之麻木,那当然算是进步的,然而以有助于生命的进化为限。如果不相干,甚而至于有碍,那就是进化中的病态,不久就要收梢。

我们试将享清福,抱秋心的雅人,和破衣粗食的粗人一比较,就明白究竟是谁活得下去。喝过茶,望着秋天,我于是想:不识好茶,没有秋思,倒也罢了。

九月三十日。

看变戏法

我爱看"变戏法"。

他们是走江湖的,所以各处的戏法都一样。为了敛钱,一定有两种必要的东西:一只黑熊,一个小孩子。

黑熊饿得真瘦,几乎连动弹的力气也快没有了。自然,这是不能使它强壮的,因为一强壮,就不能驾驭。现在是半死不活,却还要用铁圈穿了鼻子,再用索子牵着做戏。有时给吃一点东西,是一小块水泡的馒头皮,但还将勺子擎得高高的,要它站起来,伸头张嘴,许多工夫才得落肚,而变戏法的则因此集了一些钱。

这熊的来源,中国没有人提到过。据西洋人的调查,说是从小时候,由山里捉来的;大的不能用,因为一大,就总改不了野性。但虽是小的,也还须"训练",

这"训练"的方法,是"打"和"饿";而后来,则是因虐待而死亡。我以为这话是的确的,我们看它还在活着做戏的时候,就瘪得连熊气息也没有了,有些地方,竟称之为"狗熊",其被蔑视至于如此。

孩子在场面上也要吃苦,或者大人踏在他肚子上,或者将他的两手扭过来,他就显出很苦楚,很为难,很吃重的相貌,要看客解救。六个,五个,再四个,三个……而变戏法的就又集了一些钱。

他自然也曾经训练过,这苦痛是装出来的,和大人串通的勾当,不过也无碍于赚钱。

下午敲锣开场,这样的做到夜,收场,看客走散,有化了钱的,有终于不化钱的。

每当收场,我一面走,一面想:两种生财家伙,一种是要被虐待至死的,再寻幼小的来;一种是大了之后,另寻一个小孩子和一只小熊,仍旧来变照样的戏法。

事情真是简单得很,想一下,就好像令人索然无味。然而我还是常常看。此外叫我看什么呢,诸君?

十月一日。

火

普洛美修斯偷火给人类,总算是犯了天条,贬入地狱。但是,钻木取火的燧人氏却似乎没有犯窃盗罪,没有破坏神圣的私有财产——那时候,树木还是无主的公物。然而燧人氏也被忘却了,到如今只见中国人供火神菩萨,不见供燧人氏的。

火神菩萨只管放火,不管点灯。凡是火着就有他的份。因此,大家把他供养起来,希望他少作恶。然而如果他不作恶,他还受得着供养么,你想?

点灯太平凡了。从古至今,没有听到过点灯出名的名人,虽然人类从燧人氏那里学会了点火已经有五六千年的时间。放火就不然。秦始皇放了一把火——烧了书没有烧人;项羽入关又放了一把火——烧的是阿房宫不是民房(?——待考)。……

罗马的一个什么皇帝却放火烧百姓了；中世纪正教的僧侣就会把异教徒当柴火烧，间或还灌上油。这些都是一世之雄。现代的希特拉就是活证人。如何能不供养起来。何况现今是进化时代，火神菩萨也代代跨灶的。

譬如说罢，没有电灯的地方，小百姓不顾什么国货年，人人都要买点洋货的煤油，晚上就点起来：那么幽黯的黄澄澄的光线映在纸窗上，多不大方！不准，不准这么点灯！你们如果要光明的话，非得禁止这样"浪费"煤油不可。煤油应当扛到田地里去，灌进喷筒，呼啦呼啦的喷起来……一场大火，几十里路的延烧过去，稻禾，树木，房舍——尤其是草棚——一会儿都变成飞灰了。还不够，就有燃烧弹，硫磺弹，从飞机上面扔下来，像上海一二八的大火似的，够烧几天几晚。那才是伟大的光明呵。

火神菩萨的威风是这样的。可是说起来，他又不承认：火神菩萨据说原是保佑小民的，至于火灾，却要怪小民自不小心，或是为非作歹，纵火抢掠。

谁知道呢？历代放火的名人总是这样说，却未必总有人信。

我们只看见点灯是平凡的,放火是雄壮的,所以点灯就被禁止,放火就受供养。你不见海京伯马戏团么:宰了耕牛喂老虎,原是这年头的"时代精神"。

十一月二日。

家庭为中国之基本

中国的自己能酿酒,比自己来种鸦片早,但我们现在只听说许多人躺着吞云吐雾,却很少见有人像外国水兵似的满街发酒疯。唐宋的踢球,久已失传,一般的娱乐是躲在家里彻夜叉麻雀。从这两点看起来,我们在从露天下渐渐的躲进家里去,是无疑的。古之上海文人,已尝慨乎言之,曾出一联,索人属对,道:"三鸟害人鸦雀鸽","鸽"是彩票,雅号奖券,那时却称为"白鸽票"的。但我不知道后来有人对出了没有。

不过我们也并非满足于现状,是身处斗室之中,神驰宇宙之外,抽鸦片者享乐着幻境,叉麻雀者心仪于好牌。檐下放起爆竹,是在将月亮从天狗嘴里救出;剑仙坐在书斋里,哼的一声,一道白光,千万里外的敌人可被杀掉了,不过飞剑还是回家,钻进原先的鼻孔去,因为下次还要用。这叫做千变万化,不离其宗。所以学校是从家庭里拉出子弟来,教成社会人才的地方,而一闹到不可开交的时候,还是"交家长严加管束"云。

"骨肉归于土,命也;若夫魂气,则无不之也,无不之也!"一个人变了鬼,该可以随便一点了罢,而活人仍要烧一所纸房子,请他住进去,阔气的还有打牌桌,鸦片盘。成仙,这变化是很大的,但是刘太太偏舍不得老家,定要运动到"拔宅飞升",连鸡犬都带了上去而后已,好依然的管家务,饲狗,喂鸡。

我们的古今人,对于现状,实在也愿意有变化,承认其变化的。变鬼无法,成仙更佳,然而对于老家,却总是死也不肯放。我想,火药只做爆竹,指南针只看坟山,恐怕那原因就在此。

现在是火药蜕化为轰炸弹,烧夷弹,装在飞机上面了,我们却只能坐在家里等他落下来。自然,坐飞机的人是颇有了的,但他那里是远征呢,他为的是可以快点回到家里去。

家是我们的生处,也是我们的死所。

十二月十六日。

过年

今年上海的过旧年,比去年热闹。

文字上和口头上的称呼,往往有些不同:或者谓之"废历",轻之也;或者谓之"古历",爱之也。但对于这"历"的待遇是一样的:结账,祀神,祭祖,放鞭炮,打马将,拜年,"恭喜发财"!

虽过年而不停刊的报章上,也已经有了感慨;但是,感慨而已,到底胜不过事实。有些英雄的作家,也曾经叫人终年奋发,悲愤,纪念。但是,叫而已矣,到底也胜不过事实。中国的可哀的纪念太多了,这照例至少应该沉默;可喜的纪念也不算少,然而又怕有"反动分子乘机捣乱",所以大家的高兴也不能发扬。几经防遏,几经淘汰,什么佳节都被绞死,于是就觉得只有这仅存残喘的"废历"或"古历"还是自家的东西,更加可爱了。那就格外的庆贺——这是不能以"封建的余意"一句话,轻轻了事的。

叫人整年的悲愤,劳作的英雄们,一定是自己毫不知道悲愤,劳作的人物。在实际上,悲愤者和劳作者,是时时需要休息和高兴的。古埃及的奴隶们,有时也会冷然一笑。这是蔑视一切的笑。不懂得这笑的意义者,只有主子和自安于奴才生活,而劳作较少,并且失了悲愤的奴才。

我不过旧历年已经二十三年了,这回却连放了三夜的花爆,使隔壁的外国人也"嘘"了起来:这却和花爆都成了我一年中仅有的高兴。

二月十五日。

洋服的没落

几十年来,我们常常恨着自己没有合意的衣服穿。清朝末年,带些革命色采的英雄不但恨辫子,也恨马褂和袍子,因为这是满洲服。一位老先生到日本去游历,看见那边的服装,高兴的了不得,做了一篇文章登在杂志上,叫作《不图今日重见汉官仪》。他是赞成恢复古装的。

然而革命之后,采用的却是洋装,这是因为大家要维新,要便捷,要腰骨笔挺。少年英俊之徒,不但自己必洋装,还厌恶别人穿袍子。那时听说竟有人去责问樊山老人,问他为什么要穿满洲的衣裳。樊山回问道:"你穿的是那里的服饰呢?"少年答道:"我穿的是外国服。"樊山道:"我穿的也是外国服。"

这故事颇为传诵一时,给袍褂党扬眉吐气。不过其中是带一点反对革命的意味的,和近日的因为卫生,因为经济的大两样。后来,洋服终于和华人渐渐的反目了,不但袁世凯朝,就定袍子马褂为常礼服,五四运动之后,北京大学要整饬校风,规定制服了,请学生们公议,那议决的也是:袍子和马褂!

这回的不取洋服的原因却正如林语堂先生所说,因其不合于卫生。造化赋给我们的腰和脖子,本是可以弯曲的,弯腰曲背,在中国是一种常态,逆来尚须顺受,顺来自然更当顺受了。所以我们是最能研究人体,顺其自然而用之的人民。脖子最细,发明了砍头;膝关节能弯,发明了下跪;臀部多肉,又不致命,就发明了打屁股。违反自然的洋服,于是便渐渐的自然的没落了。

这洋服的遗迹,现在已只残留在摩登男女的身上,恰如辫子小脚,不过偶然还见于顽固男女的身上一般。不料竟又来了一道催命符,是镪水悄悄从背后洒过来了。

这怎么办呢?

恢复古制罢,自黄帝以至宋明的衣裳,一时实难以明白;学戏台上的装束罢,蟒袍玉带,粉底皂靴,坐了摩托车吃番菜,实在也不免有些滑稽。所以改来改去,大约总还是袍子马褂牢稳。虽然也是外国服,但恐怕是不会脱下的了——这实在有些稀奇。

        四月二十一日。

玩具

今年是儿童年。我记得的,所以时常看看造给儿童的玩具。

马路旁边的洋货店里挂着零星小物件,纸上标明,是从法国运来的,但我在日本的玩具店看见一样的货色,只是价钱更便宜。在担子上,在小摊上,都卖着渐吹渐大的橡皮泡,上面打着一个印子道:"完全国货",可见是中国自己制造的了。然而日本孩子玩着的橡皮泡上,也有同样的印子,那却应该是他们自己制造的。

大公司里则有武器的玩具:指挥刀,机关枪,坦克车……。然而,虽是有钱人家的小孩,拿着玩的也少见。公园里面,外国孩子聚沙成为圆堆,横插上两条短树干,这明明是在创造铁甲炮车了,而中国孩子是青白的,瘦瘦的脸,躲在大人的背后,羞怯的,惊异的看着,身上穿着一件斯文之极的长衫。

我们中国是大人用的玩具多:姨太太,雅片枪,麻雀牌,《毛毛雨》,科学灵乩,金刚法会,还有别的,忙个不了,没有工夫想到孩子身上去了。虽是儿童年,虽是前年身历了战祸,也没有因此给儿童创出一种纪念的小玩意,一切都是照样抄。然则明年不是儿童年了,那情形就可想。

但是,江北人却是制造玩具的天才。他们用两个长短不同的竹筒,染成红绿,连作一排,筒内藏一个弹簧,旁边有一个把手,摇起来就格格的响。这就是机关枪!也是我所见的惟一的创作。我在租界边上买了一个,和孩子摇着在路上走,文明的西洋人和胜利的日本人看见了,大抵投给我们一个鄙夷或悲悯的苦笑。

然而我们摇着在路上走,毫不愧恶,因为这是创作。前年以来,很有些人骂着江北人,好像非此不足以自显其高洁,现在沉默了,那高洁也就渺渺然,茫茫然。而江北人却创造了粗笨的机枪玩具,以坚强的自信和质朴的才能与文明的玩具争。他们,我以为是比从外国买了极新式的武器回来的人物,更其值得赞颂的,虽然也许又有人会因此给我一个鄙夷或悲悯的冷笑。

六月十一日。

零食

出版界的现状,期刊多而专书少,使有心人发愁,小品多而大作少,又使有心人发愁。人而有心,真要"日坐愁城"了。

但是,这情形是由来已久的,现在不过略有变迁,更加显著而已。

上海的居民,原就喜欢吃零食。假使留心一听,则屋外叫卖零食者,总是"实繁有徒"。桂花白糖伦教糕,猪油白糖莲心粥,虾肉馄饨面,芝麻香蕉,南洋芒果,西路(暹罗)蜜橘,瓜子大王,还有蜜饯,橄榄,等等。只要胃口好,可以从早晨直吃到半夜,但胃口不好也不妨,因为又不比肥鱼大肉,分量原是很少的。那功效,据说,是在消闲之中,得养生之益,而且味道好。

前几年的出版物,是有"养生之益"的零食,或曰"入门",或曰"ABC",或曰"概论",总之是薄薄的一本，只要化钱数角，费时半点钟，便能明白一种科学，或全盘文学，或一种外国文。意思就是说，只要吃一包五香瓜子，便能使这人发荣滋长，抵得吃五年饭。试了几年，功效不显，于是很有些灰心了。一试验，如果有名无实，是往往不免灰心的，例如现在已经很少有人修仙或炼金，而代以洗温泉和买奖券，便是试验无效的结果。于是放松了"养生"这一面，偏到"味道好"那一面去了。自然，零食也还是零食。上海的居民，和零食是死也分拆不开的。

于是而出现了小品，但也并不是新花样。当老九章生意兴隆的时候，就有过《笔记小说大观》之流，这是零食一大箱；待到老九章关门之后，自然也跟着成了一小撮。分量少了，为什么倒弄得闹嚷嚷，满城风雨的呢？我想，这是因为在担子上装起了篆字的和罗马字母合璧的年红电灯的招牌。

然而，虽然仍旧是零食，上海居民的感应力却比先前敏捷了，否则又何至于闹嚷嚷。但这也许正因为神经衰弱的缘故。假使如此，那么，零食的前途倒是可虑的。

六月十一日。

病后杂谈

一

生一点病,的确也是一种福气。不过这里有两个必要条件:一要病是小病,并非什么霍乱吐泻,黑死病,或脑膜炎之类;二要至少手头有一点现款,不至于躺一天,就饿一天。这二者缺一,便是俗人,不足与言生病之雅趣的。

我曾经爱管闲事,知道过许多人,这些人物,都怀着一个大愿。大愿,原是每个人都有的,不过有些人却模模胡胡,自己抓不住,说不出。他们中最特别的有两位:一位是愿天下的人都死掉,只剩下他自己和一个好看的姑娘,还有一个卖大饼的;另一位是愿秋天薄暮,吐半口血,两个侍儿扶着,恹恹的到阶前去看秋海棠。这种志向,一看好像离奇,其实却照顾得很周到。第一位姑且不谈他罢,第二位的"吐半口血",就有很大的道理。才子本来多病,但要"多",就不能重,假使一吐就是一碗或几升,一个人的血,能有几回好吐呢?过不几天,就雅不下去了。

我一向很少生病,上月却生了一点点。开初是每晚发热,没有力,不想吃东西,一礼拜不肯好,只得看医生。医生说是流行性感冒。好罢,就是流行性感冒。但过了流行性感冒一定退热的时期,我的热却还不退。医生从他那大皮包里取出玻璃管来,要取我的血液,我知道他在疑心我生伤寒病了,自己也有些发愁。然而他第二天对我说,血里没有一粒伤寒菌;于是注意的听肺,平常;听心,上等。这似乎很使他为难。我说,也许是疲劳罢;他也不甚反对,只是沉吟着说,但是疲劳的发热,还应该低一点。……

好几回检查了全体,没有死症,不至于呜呼哀哉是明明白白的,不过是每晚发热,没有力,不想吃东西而已,这真无异于"吐半口血",大可享生病之福了。因为既不必写遗嘱,又没有大痛苦,然而可以不看正经书,不管柴米账,玩他几天,名称又好听,叫作"养病"。从这一天起,我就自己觉得好像有点儿"雅"了;那一位愿吐半口血的才子,也就是那时躺着无事,忽然记了起来的。

光是胡思乱想也不是事,不如看点不劳精神的书,要不然,也不成其为"养病"。像这样的时候,我赞成中国纸的线装书,这也就是有点儿"雅"起来了的证据。洋装书便于插架,便于保存,现在不但有洋装二十五六史,连《四部备要》也硬领而皮靴了,——原是不为无见的。但看洋装书要年富力强,正襟危坐,有严肃的态度。假使你躺着看,那就好像两只手捧着一块大砖头,不多工夫,就两臂酸麻,只好叹一口气,将它放下。所以,我在叹气之后,就去寻线装书。

一寻,寻到了久不见面的《世说新语》之类一大堆,躺着来看,轻飘飘的毫不费力了,魏晋人的豪放潇洒的风姿,也仿佛在眼前浮动。由此想起阮嗣宗的听到步兵厨善于酿酒,就求为步兵校尉;陶渊明的做了彭泽令,就教官田都种秫,以便做酒,因了太太的抗议,这才种了一点秔。这真是天趣盎然,决非现在的"站在云端里呐喊"者们所能望其项背。但是,"雅"要想到适可而止,再想便不行。例如阮嗣宗可以求做步兵校尉,陶渊明补了彭泽令,他们的地位,就不是一个平常人,要"雅",也还是要地位。"采菊东篱下,悠然见南山"是渊明的好句,但我们在上海学起来可就难了。没有南山,我们还可以改作"悠然见洋房"或"悠然见烟囱"的,然而要租一所院子里有点竹篱,可以种菊的房子,租钱就每月总得一百两,水电在外;巡捕捐按房租百分之十四,每月十四两。单是这两项,每月就是一百十四两,每两作一元四角算,等于一百五十九元六。近来的文稿又不值钱,每千字最低的只有四五角,因为是学陶渊明的雅人的稿子,现在算他每千字三大元罢,但标点,洋文,空白除外。那么,单单为了采菊,他就得每月译作净五万三千二百字。吃饭呢?要另外想法子生发,否则,他只好"饥来驱我去,不知竟何之"了。

"雅"要地位,也要钱,古今并不两样的,但古代的买雅,自然比现在便宜;办法也并不两样,书要摆在书架上,或者抛几本在地板上,酒杯要摆在桌子上,但算盘却要收在抽屉里,或者最好是在肚子里。

此之谓"空灵"。

二

为了"雅",本来不想说这些话的。后来一想,这于"雅"并无伤,不过是在证明我自己的"俗"。王夷甫口不言钱,还是一个不干不净人物,雅人打算盘,当然也无损其为雅人。不过他应该有时收起算盘,或者最妙是暂时忘却算盘,那么,那时的一言一笑,就都是灵机天成的一言一笑,如果念念不忘世间的利害,那可就成为"杭育杭育派"了。这关键,只在一者能够忽而放开,一者却是永远执着,因此也就大有了雅俗和高下之分。我想,这和时而"敦伦"者不失为圣贤,连白天也在想女人的就要被称为"登徒子"的道理,大概是一样的。

所以我恐怕只好自己承认"俗",因为随手翻了一通《世说新语》,看过"娵隅跃清池"的时候,千不该万不该的竟从"养病"想到"养病费"上去了,于是一骨碌爬起来,写信讨版税,催稿费。写完之后,觉得和魏晋人有点隔膜,自己想,假使此刻有阮嗣宗或陶渊明在面前出现,我们也一定谈不来的。于是另换了几本书，大抵是明末清初的野史，时代较近，看起来也许较有趣味。第一本拿在手里的是《蜀碧》。

这是蜀宾从成都带来送我的，还有一部《蜀龟鉴》，都是讲张献忠祸蜀的书，其实是不但四川人，而是凡有中国人都该翻一下的著作，可惜刻的太坏，错字颇不少。翻了一遍，在卷三里看见了这样的一条——

"又，剥皮者，从头至尻，一缕裂之，张于前，如鸟展翅，率逾日始绝。有即毙者，行刑之人坐死。"

也还是为了自己生病的缘故罢，这时就想到了人体解剖。医术和虐刑，是都要生理学和解剖学智识的。中国却怪得很，固有的医书上的人身五脏图，真是草率错误到见不得人，但虐刑的方法，则往往好像古人早懂得了现代的科学。例如罢，谁都知道从周到汉，有一种施于男子的"宫刑"，也叫"腐刑"，次于"大辟"一等。对于女性就叫"幽闭"，向来不大有人提起那方法，但总之，是决非将她关起来，或者将它缝起来。近时好像被我查出一点大概来了，那办法的凶恶，妥当，而又合乎解剖学，真使我不得不吃惊。但妇科的医书呢？几乎都不明白女性下半身的解剖学的构造，他们只将肚子看作一个大口袋，里面装着莫名其妙的东西。

单说剥皮法,中国就有种种。上面所抄的是张献忠式;还有孙可望式,见于屈大均的《安龙逸史》,也是这回在病中翻到的。其时是永历六年,即清顺治九年,永历帝已经躲在安隆(那时改为安龙),秦王孙可望杀了陈邦传父子,御史李如月就弹劾他"擅杀勋将,无人臣礼",皇帝反打了如月四十板。可是事情还不能完,又给孙党张应科知道了,就去报告了孙可望。

"可望得应科报,即令应科杀如月,剥皮示众。俄缚如月至朝门,有负石灰一筐,稻草一捆,置于其前。如月问,'如何用此?'其人曰,'是揎你的草!'如月叱曰,'瞎奴! 此株株是文章,节节是忠肠也!'既而应科立右角门阶,捧可望令旨,喝如月跪。如月叱曰,'我是朝廷命官,岂跪贼令!?'乃步至中门,向阙再拜。……应科促令仆地,剖脊,及臀,如月大呼曰:'死得快活,浑身清凉!'又呼可望名,大骂不绝。及断至手足,转前胸,犹微声恨骂;至颈绝而死。随以灰渍之,纫以线,后乃入草,移北城门通衢阁上,悬之。……"

张献忠的自然是"流贼"式；孙可望虽然也是流贼出身，但这时已是保明拒清的柱石，封为秦王，后来降了满洲，还是封为义王，所以他所用的其实是官式。明初，永乐皇帝剥那忠于建文帝的景清的皮，也就是用这方法的。大明一朝，以剥皮始，以剥皮终，可谓始终不变；至今在绍兴戏文里和乡下人的嘴上，还偶然可以听到"剥皮揎草"的话，那皇泽之长也就可想而知了。

真也无怪有些慈悲心肠人不愿意看野史，听故事；有些事情，真也不像人世，要令人毛骨悚然，心里受伤，永不全愈的。残酷的事实尽有，最好莫如不闻，这才可以保全性灵，也是"是以君子远庖厨也"的意思。比灭亡略早的晚明名家的潇洒小品在现在的盛行，实在也不能说是无缘无故。不过这一种心地晶莹的雅致，又必须有一种好境遇，李如月仆地"剖脊"，脸孔向下，原是一个看书的好姿势，但如果这时给他看袁中郎的《广庄》，我想他是一定不要看的。这时他的性灵有些儿不对，不懂得真文艺了。

然而，中国的士大夫是到底有点雅气的，例如李如月说的"株株是文章，节节是忠肠"，就很富于诗趣。

临死做诗的,古今来也不知道有多少。直到近代,谭嗣同在临刑之前就做一绝"闭门投辖思张俭",秋瑾女士也有一句"秋雨秋风愁杀人",然而还雅得不够格,所以各种诗选里都不载,也不能卖钱。

三

清朝有灭族,有凌迟,却没有剥皮之刑,这是汉人应该惭愧的,但后来脍炙人口的虐政是文字狱。虽说文字狱,其实还含着许多复杂的原因,在这里不能细说;我们现在还直接受到流毒的,是他删改了许多古人的著作的字句,禁了许多明清人的书。

《安龙逸史》大约也是一种禁书,我所得的是吴兴刘氏嘉业堂的新刻本。他刻的前清禁书还不止这一种,屈大均的又有《翁山文外》;还有蔡显的《闲渔闲闲录》,是作者因此"斩立决",还累及门生的,但我细看了一遍,却又寻不出什么忌讳。对于这种刻书家,我是很感激的,因为他传授给我许多知识——虽然从雅人看来,只是些庸俗不堪的知识。但是到嘉业堂去买书,可真难。我还记得,今年春天的一个下午,好容易在爱文义路找着了,两扇大铁门,叩了几下,门上开了一个小方洞,里面有中国门房,中国巡捕,白俄镖师各一位。巡捕问我来干什么的。我说买书。他说账房出去了,没有人管,明天再来罢。我告诉他我住得远,可能给我等一会呢?他说,不成!同时也堵住了那个小方洞。过了两天,我又去了,改作上午,以为此时账房也许不至于出去。但这回所得回答却更其绝望,巡捕曰:"书都没有了!卖完了!不卖了!"

我就没有第三次再去买,因为实在回复的斩钉截铁。现在所有的几种,是托朋友去辗转买来的,好像必须是熟人或走熟的书店,这才买得到。

每种书的末尾,都有嘉业堂主人刘承干先生的跋文,他对于明季的遗老很有同情,对于清初的文祸也颇不满。但奇怪的是他自己的文章却满是前清遗老的口风;书是民国刻的,"仪"字还缺着末笔。我想,试看明朝遗老的著作,反抗清朝的主旨,是在异族的入主中夏的,改换朝代,倒还在其次。所以要顶礼明末的遗民,必须接受他的民族思想,这才可以心心相印。现在以明遗老之仇的满清的遗老自居,却又引明遗老为同调,只着重在"遗老"两个字,而毫不问遗于何族,遗在何时,这真可以说是"为遗老而遗老",和现在文坛上的"为艺术而艺术",成为一副绝好的对子了。

倘以为这是因为"食古不化"的缘故,那可也并不然。中国的士大夫,该化的时候,就未必决不化。就如上面说过的《蜀龟鉴》,原是一部笔法都仿《春秋》的书,但写到"圣祖仁皇帝康熙元年春正月",就有"赞"道:"……明季之乱甚矣!风终《豳》,雅终《召旻》,托乱极思治之隐忧而无其实事,孰若于臣祖亲见之,臣身亲被之乎?是终以元年正月。终者,非徒谓体元表正,蔑以加兹;生逢盛世,荡荡难名,一以寄没世不忘之恩,一以见太平之业所由始耳!"

《春秋》上是没有这种笔法的。满洲的肃王的一箭,不但射死了张献忠,也感化了许多读书人,而且改变了"春秋笔法"了。

四

病中来看这些书,归根结蒂,也还是令人气闷。但又开始知道了有些聪明的士大夫,依然会从血泊里寻出闲适来。例如《蜀碧》,总可以说是够惨的书了,然而序文后面却刻着一位乐斋先生的批语道："古穆有魏晋间人笔意。"

这真是天大的本领！那死似的镇静，又将我的气闷打破了。

我放下书，合了眼睛，躺着想想学这本领的方法，以为这和"君子远庖厨也"的法子是大两样的，因为这时是君子自己也亲到了庖厨里。瞑想的结果，拟定了两手太极拳。一，是对于世事要"浮光掠影"，随时忘却，不甚了然，仿佛有些关心，却又并不恳切；二，是对于现实要"蔽聪塞明"，麻木冷静，不受感触，先由努力，后成自然。第一种的名称不大好听，第二种却也是却病延年的要诀，连古之儒者也并不讳言的。这都是大道。还有一种轻捷的小道，是：彼此说谎，自欺欺人。

有些事情，换一句话说就不大合式，所以君子憎恶俗人的"道破"。其实，"君子远庖厨也"就是自欺欺人的办法：君子非吃牛肉不可，然而他慈悲，不忍见牛的临死的觳觫，于是走开，等到烧成牛排，然后慢慢的来咀嚼。牛排是决不会"觳觫"的了，也就和慈悲不再有冲突，于是他心安理得，天趣盎然，剔剔牙齿，摸摸肚子,"万物皆备于我矣"了。彼此说谎也决不是伤雅的事情,东坡先生在黄州,有客来,就要客谈鬼,客说没有,东坡道:"姑妄言之!"至今还算是一件韵事。

撒一点小谎,可以解无聊,也可以消闷气;到后来,忘却了真,相信了谎。也就心安理得,天趣盎然了起来。永乐的硬做皇帝,一部分士大夫是颇以为不大好的。尤其是对于他的惨杀建文的忠臣。和景清一同被杀的还有铁铉,景清剥皮,铁铉油炸,他的两个女儿则发付了教坊,叫她们做婊子。这更使士大夫不舒服,但有人说,后来二女献诗于原问官,被永乐所知,赦出,嫁给士人了。

这真是"曲终奏雅",令人如释重负,觉得天皇毕竟圣明,好人也终于得救。她虽然做过官妓,然而究竟是一位能诗的才女,她父亲又是大忠臣,为夫的士人,当然也不算辱没。但是,必须"浮光掠影"到这里为止,想不得下去。一想,就要想到永乐的上谕,有些是凶残猥亵,将张献忠祭梓潼神的"咱老子姓张,你也姓张,咱老子和你联了宗罢。尚飨!"的名文,和他的比起来,真是高华典雅,配登西洋的上等杂志,那就会觉得永乐皇帝决不像一位爱才怜弱的明君。况且那时的教坊是怎样的处所？罪人的妻女在那里是并非静候嫖客的,据永乐定法,还要她们"转营",这就是每座兵营里都去几天,目的是在使她们为多数男性所凌辱,生出"小龟子"和"淫贱材儿"来！所以,现在成了问题的"守节",在那时,其实是只准"良民"专利的特典。在这样的治下,这样的地狱里,做一首诗就能超生的么？

我这回从杭世骏的《订讹类编》（续补卷上）里,这才确切的知道了这佳话的欺骗。他说：

"……考铁长女诗,乃吴人范昌期《题老妓卷》作也。诗云：'教坊落籍洗铅华,一片春心对落花。旧曲听来空有恨,故园归去却无家。云鬟半軃临青镜,雨泪频弹湿绛纱。安得江州司马在,尊前重为赋琵琶。'昌期,字鸣凤；诗见张士瀹《国朝文纂》。同时杜琼用嘉亦有次韵诗,题曰《无题》,则其非铁氏作明矣。次女诗所谓'春来雨露深如海,嫁得刘郎胜阮郎',其论尤为不伦。宗正睦㮮论革除事,谓建文流落西南诸诗,皆好事伪作,则铁女之诗可知。……"

《国朝文纂》我没有见过,铁氏次女的诗,杭世骏也并未寻出根底,但我以为他的话是可信的,——虽然他败坏了口口相传的韵事。况且一则他也是一个认真的考证学者,二则我觉得凡是得到大杀风景的结果的考证,往往比表面说得好听,玩得有趣的东西近真。

首先将范昌期的诗嫁给铁氏长女,聊以自欺欺人的是谁呢?我也不知道。但"浮光掠影"的一看,倒也罢了,一经杭世骏道破,再去看时,就很明白的知道了确是咏老妓之作,那第一句就不像现任官妓的口吻。不过中国的有一些士大夫,总爱无中生有,移花接木的造出故事来,他们不但歌颂升平,还粉饰黑暗。关于铁氏二女的撒谎,尚其小焉者耳,大至胡元杀掠,满清焚屠之际,也还会有人单单捧出什么烈女绝命,难妇题壁的诗词来,这个艳传,那个步韵,比对于华屋丘墟,生民涂炭之惨的大事情还起劲。到底是刻了一本集,连自己们都附进去,而韵事也就完结了。

我在写着这些的时候,病是要算已经好了的了,用不着写遗书。但我想在这里趁便拜托我的相识的朋友,将来我死掉之后,即使在中国还有追悼的可能,也千万不要给我开追悼会或者出什么记念册。因为这不过是活人的讲演或挽联的斗法场,为了造语惊人,对仗工稳起见,有些文豪们是简直不恤于胡说八道的。结果至多也不过印成一本书,即使有谁看了,于我死人,于读者活人,都无益处,就是对于作者,其实也并无益处,挽联做得好,不过是挽联做得好而已。

现在的意见,我以为倘有购买那些纸墨白布的闲钱,还不如选几部明人,清人或今人的野史或笔记来印印,倒是于大家很有益处的。但是要认真,用点工夫,标点不要错。

十二月十一日。

弄堂生意古今谈

"薏米杏仁莲心粥!"

"玫瑰白糖伦教糕!"

"虾肉馄饨面!"

"五香茶叶蛋!"

这是四五年前,闸北一带弄堂内外叫卖零食的声音,假使当时记录了下来,从早到夜,恐怕总可以有二三十样。居民似乎也真会化零钱,吃零食,时时给他们一点生意,因为叫声也时时中止,可见是在招呼主顾了。而且那些口号也真漂亮,不知道他是从《昭明文选》或《晚明小品》里找过词汇的呢,还是怎么的,实在使我似的初到上海的乡下人,一听到就有馋涎欲滴之概,"薏米杏仁"而又"莲心粥",这是新鲜到连先前的梦里也没有想到的。但对于靠笔墨为生的人们,却有一点害处,假使你还没有练到"心如古井",就可以被闹得整天整夜写不出什么东西来。

现在是大不相同了。马路边上的小饭店,正午傍晚,先前为长衫朋友所占领的,近来已经大抵是"寄沉痛于幽闲";老主顾呢,坐到黄包车夫的老巢的粗点心店里面去了。至于车夫,那自然只好退到马路边沿饿肚子,或者幸而还能够咬侉饼。弄堂里的叫卖声,说也奇怪,竟也和古代判若天渊,卖零食的当然还有,但不过是橄榄或馄饨,却很少遇见那些"香艳肉感"的"艺术"的玩意了。嚷嚷呢,自然仍旧是嚷嚷的,只要上海市民存在一日,嚷嚷是大约决不会停止的。然而现在却切实了不少:麻油,豆腐,润发的刨花,晒衣的竹竿;方法也有改进,或者一个人卖袜,独自作歌赞叹着袜的牢靠。或者两个人共同卖布,交互唱歌颂扬着布的便宜。但大概是一直唱着进来,直达弄底,又一直唱着回去,走出弄外,停下来做交易的时候,是很少的。

偶然也有高雅的货色:果物和花。不过这是并不打算卖给中国人的,所以他用洋话:

"Ringo, Banana, Appulu-u, Appulu-u-u!"①

---

① Ringo,日语"林檎"(苹果)的语音。Banana,日语"香蕉"的语音。Appulu,日语外来词"苹果"的语音。

"Hana①呀 Hana-a-a！Ha-a-na-a-a！"

也不大有洋人买。

间或有算命的瞎子,化缘的和尚进弄来,几乎是专攻娘姨们的,倒还是他们比较的有生意,有时算一命,有时卖掉一张黄纸的鬼画符。但到今年,好像生意也清淡了,于是前天竟出现了大布置的化缘。先只听得一片鼓钹和铁索声,我正想做"超现实主义"的语录体诗,这么一来,诗思被闹跑了,寻声看去,原来是一个和尚用铁钩钩在前胸的皮上,钩柄系有一丈多长的铁索,在地上拖着走进弄里来,别的两个和尚打着鼓和钹。但是,那些娘姨们,却都把门一关,躲得一个也不见了。这位苦行的高僧,竟连一个铜子也拖不去。

事后,我探了探她们的意见,那回答是:"看这样子,两角钱是打发不走的。"

独唱,对唱,大布置,苦肉计,在上海都已经赚不到大钱,一面固然足征洋场上的"人心浇薄",但一面也可见只好去"复兴农村"了,唔。

四月二十三日。

---

① Hana,日语"花"的语音。

论毛笔之类

国货也提倡得长久了,虽然上海的国货公司并不发达,"国货城"也早已关了城门,接着就将城墙撤去,日报上却还常见关于国货的专刊。那上面,受劝和挨骂的主角,照例也还是学生,儿童和妇女。

前几天看见一篇关于笔墨的文章,中学生之流,很受了一顿训斥,说他们十分之九,是用钢笔和墨水的,这就使中国的笔墨没有出路。自然,倒并不说这一类人就是什么奸,但至少,恰如摩登妇女的爱用外国脂粉和香水似的,应负"入超"的若干的责任。

这话也并不错的。不过我想,洋笔墨的用不用,要看我们的闲不闲。我自己是先在私塾里用毛笔,后在学校里用钢笔,后来回到乡下又用毛笔的人,却以为假如我们能够悠悠然,洋洋焉,拂砚伸纸,磨墨挥毫的话,那么,羊毫和松烟当然也很不坏。不过事情要做得快,字要写得多,可就不成功了,这就是说,它敌不过钢笔和墨水。譬如在学校里抄讲义罢,即使改用墨盒,省去临时磨墨之烦,但不久,墨汁也会把毛笔胶住,写不开了,你还得带洗笔的水池,终于弄到在小小的桌子上,摆开"文房四宝"。况且毛笔尖触纸的多少,就是字的粗细,是全靠手腕作主的,因此也容易疲劳,越写越慢。闲人不要紧,一忙,就觉得无论如何,总是墨水和钢笔便当了。

青年里面,当然也不免有洋服上挂一枝万年笔,做做装饰的人,但这究竟是少数,使用者的多,原因还是在便当。便于使用的器具的力量,是决非劝谕,讥刺,痛骂之类的空言所能制止的。假如不信,你倒去劝那些坐汽车的人,在北方改用骡车,在南方改用绿呢大轿试试看。如果说这提议是笑话,那么,劝学生改用毛笔呢?现在的青年,已经成了"庙头鼓",谁都不妨敲打了。一面有繁重的学科,古书的提倡,一面却又有教育家喟然兴叹,说他们成绩坏,不看报纸,昧于世界的大势。

但是,连笔墨也乞灵于外国,那当然是不行的。

这一点，却要推前清的官僚聪明，他们在上海立过制造局，想造比笔墨更紧要的器械——虽然为了"积重难返"，终于也造不出什么东西来。欧洲人也聪明，金鸡那原是斐洲的植物，因为去偷种子，还死了几个人，但竟偷到手，在自己这里种起来了，使我们现在如果发了疟疾，可以很便当的大吃金鸡那霜丸，而且还有"糖衣"，连不爱服药的娇小姐们也吃得甜蜜蜜。制造墨水和钢笔的法子，弄弄到手，是没有偷金鸡那子那么危险的。所以与其劝人莫用墨水和钢笔，倒不如自己来造墨水和钢笔；但必须造得好，切莫"挂羊头卖狗肉"。要不然，这一番工夫就又是一个白费。

但我相信，凡有毛笔拥护论者大约也不免以我的提议为空谈；因为这事情不容易。这也是事实；所以典当业只好呈请禁止奇装异服，以免时价早晚不同，笔墨业也只好主张吮墨舐毫，以免国粹渐就沦丧。改造自己，总比禁止别人来得难。然而这办法却是没有好结果的，不是无效，就是使一部份青年又变成旧式的斯文人。

八月二十三日。

"这也是生活"……

这也是病中的事情。

有一些事,健康者或病人是不觉得的,也许遇不到,也许太微细。到得大病初愈,就会经验到;在我,则疲劳之可怕和休息之舒适,就是两个好例子。我先前往往自负,从来不知道所谓疲劳。书桌面前有一把圆椅,坐着写字或用心的看书,是工作;旁边有一把藤躺椅,靠着谈天或随意的看报,便是休息;觉得两者并无很大的不同,而且往往以此自负。现在才知道是不对的,所以并无大不同者,乃是因为并未疲劳,也就是并未出力工作的缘故。

我有一个亲戚的孩子,高中毕了业,却只好到袜厂里去做学徒,心情已经很不快活的了,而工作又很繁重,几乎一年到头,并无休息。他是好高的,不肯偷懒,支持了一年多。有一天,忽然坐倒了,对他的哥哥道:"我一点力气也没有了。"

他从此就站不起来,送回家里,躺着,不想饮食,不想动弹,不想言语,请了耶稣教堂的医生来看,说是全体什么病也没有,然而全体都疲乏了。也没有什么法子治。自然,连接而来的是静静的死。我也曾经有过两天这样的情形,但原因不同,他是做乏,我是病乏的。我的确什么欲望也没有,似乎一切都和我不相干,所有举动都是多事,我没有想到死,但也没有觉得生;这就是所谓"无欲望状态",是死亡的第一步。曾有爱我者因此暗中下泪;然而我有转机了,我要喝一点汤水,我有时也看看四近的东西,如墙壁,苍蝇之类,此后才能觉得疲劳,才需要休息。

象心纵意的躺倒,四肢一伸,大声打一个呵欠,又将全体放在适宜的位置上,然后弛懈了一切用力之点,这真是一种大享乐。在我是从来未曾享受过的。我想,强壮的,或者有福的人,恐怕也未曾享受过。

记得前年,也在病后,做了一篇《病后杂谈》,共五节,投给《文学》,但后四节无法发表,印出来只剩了头一节了。虽然文章前面明明有一个"一"字,此后突然而止,并无"二""三",仔细一想是就会觉得古怪的,但这不能要求于每一位读者,甚而至于不能希望于批评家。于是有人据这一节,下我断语道:"鲁迅是赞成生病的。"现在也许暂免这种灾难了,但我还不如先在这里声明一下:"我的话到这里还没有完。"

有了转机之后四五天的夜里,我醒来了,喊醒了广平。

"给我喝一点水。并且去开开电灯,给我看来看去的看一下。"

"为什么?……"她的声音有些惊慌,大约是以为我在讲昏话。

"因为我要过活。你懂得么?这也是生活呀。我要看来看去的看一下。"

"哦……"她走起来,给我喝了几口茶,徘徊了一下,又轻轻的躺下了,不去开电灯。

我知道她没有懂得我的话。

街灯的光穿窗而入,屋子里显出微明,我大略一看,熟识的墙壁,壁端的棱线,熟识的书堆,堆边的未订的画集,外面的进行着的夜,无穷的远方,无数的人们,都和我有关。我存在着,我在生活,我将生活下去,我开始觉得自己更切实了,我有动作的欲望——但不久我又坠入了睡眠。

第二天早晨在日光中一看,果然,熟识的墙壁,熟识的书堆……这些,在平时,我也时常看它们的,其实是算作一种休息。但我们一向轻视这等事,纵使也是生活中的一片,却排在喝茶搔痒之下,或者简直不算一回事。我们所注意的是特别的精华,毫不在枝叶。给名人作传的人,也大抵一味铺张其特点,李白怎样做诗,怎样耍颠,拿破仑怎样打仗,怎样不睡觉,却不说他们怎样不耍颠,要睡觉。其实,一生中专门耍颠或不睡觉,是一定活不下去的,人之有时能耍颠和不睡觉,就因为倒是有时不耍颠和也睡觉的缘故。然而人们以为这些平凡的都是生活的渣滓,一看也不看。

于是所见的人或事,就如盲人摸象,摸着了脚,即以为象的样子像柱子。中国古人,常欲得其"全",就是制妇女用的"乌鸡白凤丸",也将全鸡连毛血都收在丸药里,方法固然可笑,主意却是不错的。

删夷枝叶的人,决定得不到花果。

为了不给我开电灯,我对于广平很不满,见人即加以攻击;到得自己能走动了,就去一翻她所看的刊物,果然,在我卧病期中,全是精华的刊物已经出得不少了,有些东西,后面虽然仍旧是"美容妙法","古木发光",或者"尼姑之秘密",但第一面却总有一点激昂慷慨的文章。作文已经有了"最中心之主题":连义和拳时代和德国统帅瓦德西睡了一些时候的赛金花,也早已封为九天护国娘娘了。

尤可惊服的是先前用《御香缥缈录》,把清朝的宫廷讲得津津有味的《申报》上的《春秋》,也已经时而大有不同,有一天竟在卷端的《点滴》里,教人当吃西瓜时,也该想到我们土地的被割碎,像这西瓜一样。自然,这是无时无地无事而不爱国,无可訾议的。但倘使我一面这样想,一面吃西瓜,我恐怕一定咽不下去,即使用劲咽下,也难免不能消化,在肚子里咕咚的响它好半天。这也未必是因为我病后神经衰弱的缘故。我想,倘若用西瓜作比,讲过国耻讲义,却立刻又会高高兴兴的把这西瓜吃下,成为血肉的营养的人,这人恐怕是有些麻木。对他无论讲什么讲义,都是毫无功效的。

我没有当过义勇军,说不确切。但自己问:战士如吃西瓜,是否大抵有一面吃,一面想的仪式的呢?我想:未必有的。他大概只觉得口渴,要吃,味道好,却并不想到此外任何好听的大道理。吃过西瓜,精神一振,战斗起来就和喉干舌敝时候不同,所以吃西瓜和抗敌的确有关系,但和应该怎样想的上海设定的战略,却是不相干。这样整天哭丧着脸去吃喝,不多久,胃口就倒了,还抗什么敌。

然而人往往喜欢说得稀奇古怪,连一个西瓜也不肯主张平平常常的吃下去。其实,战士的日常生活,是并不全部可歌可泣的,然而又无不和可歌可泣之部相关联,这才是实际上的战士。

八月二十三日。

死

当印造凯绥·珂勒惠支(Kaethe Kollwitz)所作版画的选集时,曾请史沫德黎(A.Smedley)女士做一篇序。自以为这请得非常合适,因为她们俩原极熟识的。不久做来了,又逼着茅盾先生译出,现已登在选集上。其中有这样的文字:

"许多年来,凯绥·珂勒惠支——她从没有一次利用过赠授给她的头衔——作了大量的画稿,速写,铅笔作的和钢笔作的速写,木刻,铜刻。把这些来研究,就表示着有二大主题支配着,她早年的主题是反抗,而晚年的是母爱,母性的保障,救济,以及死。而笼照于她所有的作品之上的,是受难的,悲剧的,以及保护被压迫者深切热情的意识。

"有一次我问她:'从前你用反抗的主题,但是现在你好像很有点抛不开死这观念。这是为什么呢?'用了深有所苦的语调,她回答道,'也许因为我是一天一天老了!'……"

我那时看到这里,就想了一想。算起来:她用"死"来做画材的时候,是一九一〇年顷;这时她不过四十三四岁。我今年的这"想了一想",当然和年纪有关,但回忆十余年前,对于死却还没有感到这么深切。大约我们的生死久已被人们随意处置,认为无足重轻,所以自己也看得随随便便,不像欧洲人那样的认真了。有些外国人说,中国人最怕死。这其实是不确的,——但自然,每不免模模胡胡的死掉则有之。

大家所相信的死后的状态,更助成了对于死的随便。谁都知道,我们中国人是相信有鬼(近时或谓之"灵魂")的,既有鬼,则死掉之后,虽然已不是人,却还不失为鬼,总还不算是一无所有。不过设想中的做鬼的久暂,却因其人的生前的贫富而不同。穷人们是大抵以为死后就去轮回的,根源出于佛教。佛教所说的轮回,当然手续繁重,并不这么简单,但穷人往往无学,所以不明白。这就是使死罪犯人绑赴法场时,大叫"二十年后又是一条好汉",面无惧色的原因。况且相传鬼的衣服,是和临终时一样的,穷人无好衣裳,做了鬼也决不怎么体面,实在远不如立刻投胎,化为赤条条的婴儿的上算。我们曾见谁家生了小孩,胎里就穿着叫化子或是游泳家的衣服的么?从来没有。这就好,从新来过。也许有人要问,既然相信轮回,那就说不定来生会堕入更穷苦的景况,或者简直是畜生道,更加可怕了。但我看他们是并不这样想的,他们确信自己并未造出该入畜生道的罪孽,他们从来没有能堕畜生道的地位,权势和金钱。

然而有着地位,权势和金钱的人,却又并不觉得该堕畜生道;他们倒一面化为居士,准备成佛,一面自然也主张读经复古,兼做圣贤。他们像活着时候的超出人理一样,自以为死后也超出了轮回的。至于小有金钱的人,则虽然也不觉得该受轮回,但此外也别无雄才大略,只豫备安心做鬼。所以年纪一到五十上下,就给自己寻葬地,合寿材,又烧纸锭,先在冥中存储,生下子孙,每年可吃羹饭。这实在比做人还享福。

假使我现在已经是鬼,在阳间又有好子孙,那么,又何必零星卖稿,或向北新书局去算账呢,只要很闲适的躺在楠木或阴沉木的棺材里,逢年逢节,就自有一桌盛馔和一堆国币摆在眼前了,岂不快哉!

就大体而言,除极富贵者和冥律无关外,大抵穷人利于立即投胎,小康者利于长久做鬼。小康者的甘心做鬼,是因为鬼的生活(这两字大有语病,但我想不出适当的名词来),就是他还未过厌的人的生活的连续。阴间当然也有主宰者,而且极其严厉,公平,但对于他独独颇肯通融,也会收点礼物,恰如人间的好官一样。

有一批人是随随便便,就是临终也恐怕不大想到的,我向来正是这随便党里的一个。三十年前学医的时候,曾经研究过灵魂的有无,结果是不知道;又研究过死亡是否苦痛,结果是不一律,后来也不再深究,忘记了。近十年中,有时也为了朋友的死,写点文章,不过好像并不想到自己。这两年来病特别多,一病也比较的长久,这才往往记起了年龄,自然,一面也为了有些作者们笔下的好意的或是恶意的不断的提示。

从去年起,每当病后休养,躺在藤躺椅上,每不免想到体力恢复后应该动手的事情：做什么文章，翻译或印行什么书籍。想定之后，就结束道：就是这样罢——但要赶快做。这"要赶快做"的想头，是为先前所没有的，就因为在不知不觉中，记得了自己的年龄。却从来没有直接的想到"死"。

直到今年的大病，这才分明的引起关于死的豫想来。原先是仍如每次的生病一样，一任着日本的S医师的诊治的。他虽不是肺病专家，然而年纪大，经验多，从习医的时期说，是我的前辈，又极熟识，肯说话。自然，医师对于病人，纵使怎样熟识，说话是还是有限度的，但是他至少已经给了我两三回警告，不过我仍然不以为意，也没有转告别人。大约实在是日子太久，病象太险了的缘故罢，几个朋友暗自协商定局，请了美国的D医师来诊察了。他是在上海的唯一的欧洲的肺病专家，经过打诊，听诊之后，虽然誉我为最能抵抗疾病的典型的中国人，然而也宣告了我的就要灭亡；并且说，倘是欧洲人，则在五年前已经死掉。这判决使善感的朋友们下泪。我也没有请他开方，因为我想，他的医学从欧洲学来，一定没有学过给死了五年的病人开方的法子。然而D医师的诊断却实在是极

死

199

准确的，后来我照了一张用 X 光透视的胸像，所见的景象，竟大抵和他的诊断相同。

我并不怎么介意于他的宣告，但也受了些影响，日夜躺着，无力谈话，无力看书。连报纸也拿不动，又未曾炼到"心如古井"，就只好想，而从此竟有时要想到"死"了。不过所想的也并非"二十年后又是一条好汉"，或者怎样久住在楠木棺材里之类，而是临终之前的琐事。在这时候，我才确信，我是到底相信人死无鬼的。我只想到过写遗嘱，以为我倘曾贵为宫保，富有千万，儿子和女婿及其他一定早已逼我写好遗嘱了，现在却谁也不提起。但是，我也留下一张罢。当时好像很想定了一些，都是写给亲属的，其中有的是：

一，不得因为丧事，收受任何人的一文钱。——但老朋友的，不在此例。

二，赶快收敛，埋掉，拉倒。

三，不要做任何关于纪念的事情。

四，忘记我，管自己生活。——倘不，那就真是胡涂虫。

五，孩子长大，倘无才能，可寻点小事情过活，万不可去做空头文学家或美术家。

六，别人应许给你的事物，不可当真。

七，损着别人的牙眼，却反对报复，主张宽容的人，万勿和他接近。

此外自然还有，现在忘记了。只还记得在发热时，又曾想到欧洲人临死时，往往有一种仪式，是请别人宽恕，自己也宽恕了别人。我的怨敌可谓多矣，倘有新式的人问起我来，怎么回答呢？我想了一想，决定的是：让他们怨恨去，我也一个都不宽恕。

但这仪式并未举行，遗嘱也没有写，不过默默的躺着，有时还发生更切迫的思想：原来这样就算是在死下去，倒也并不苦痛；但是，临终的一刹那，也许并不这样的罢；然而，一世只有一次，无论怎样，总是受得了的……。后来，却有了转机，好起来了。到现在，我想，这些大约并不是真的要死之前的情形，真的要死，是连这些想头也未必有的，但究竟如何，我也不知道。

九月五日。